술은 우리를 다른 세계로 인도하는 흰 토끼다. 그 세계는 깊고 어두운 내면으로 이어지거나, 생의 한복판 같은 축제를 경험하게 만든다. 김효정 평론가의 책 『보가트가 사랑할 뻔한 맥주: 영화 한 컷과 맥주 한 모금의 만남』은 맥주와 영화의 세계를 넘나들며, 고단한 삶 속에도 무엇인가 대단한 것이 있다고 믿게 만드는 일종의 흑마술이다. 읽는 이를 현혹시키는 그 음험한 의도를 첫 장부터 진즉에 눈치채지만, 어느 순간 세이렌의 음악소리를 듣기 위해 기꺼이 돛대에 묶여 있는 자신을 발견하게 된다. 오늘 저녁 다시 맥주를 마셔야만 하는 충분한 이유다.

김태훈 | 팝칼럼니스트

무라카미 하루키의 술에 대한 열정을 부러워하면서, 그에 도전하듯 김효정은 종횡무진, 사통팔달로 맥주 여행을 한다. 그것도 각종 영화를 보면서 말이다. 그가 말하듯, "맥주는 늘 운명처럼, 예기치 않은 공간을, 영화를 소환한다." 그리고 나 또한 이 책을 통해 〈이중배상〉과 〈서울의 휴일〉, 〈내부자들〉을 비롯한 익숙한 영화와 교류하면서 낯선 맥주 이름과 용어를 만났다. 책 한 권으로 도쿄에서 서울로, 부산에서 칸으로, 그의 유쾌한 맥주 행적에 동참한 셈이다. 이제는 맥주를 거나하게 마시고도 영화의 장면과 찰나의 맥주맛을 기억해내고 직조하는 경지에 오른 그에게 하루키도 동의할 만한 박수를 보내고 싶다.

"몰리! 내가 만든 영화 볼 때 맥주 마시는 거 대환영이다. 그러나 단 하나, 꼭 맨정신으로 다시 봐주시기를!"

정지영 | 영화감독

보가트가
사랑할 뻔한
맥주

THE BEER BOGART WOULD HAVE LOVED!

영화 한 컷과
맥주 한 모금의 만남

김효정 지음

싱긋

맥주에 대한 글을 쓴다는 건 여러 가지로 쉬운 일이 아니다(관련 책을 쓰신 작가들에게 존경을 표하는 바이다). 체력도, 시간적 여유도 허락해야 하지만 무엇보다 비용이 만만찮은 일이기 때문이다. 서울 안팎의 브루어리를 다니고, 다종다량의 맥주를 마셔야 하며, 브루어리에서 마신 맥주의 맛이 기억이 나지 않을 때는 캔으로라도 구해서 다시 마셔보는 등의 행위에는 적지 않은 비용이 든다. 아마도 독립영화 한 편 정도의 제작비라고 생각하면 얼추 맞을 것이다. 고맙게도 나에게는 알맞은 브루어리를 색출(?)하기 위해 여정을 떠나고, 다양한 맥주를 마시고 선정하는 배경에 적극적으로 후원을 해준 '키다리 아저씨'가 있었다. 이 책은 그 선배의 열렬한 응원과 도움으로 빚어진 것이다.

맥주를 즐기지도 않는 린다는 내가 필요할 때, 언제든 나의 맥주 기행에 동행해주었다. 다행인지 불행인지, 그녀는 현재 누구보다 흑맥주를 좋아하는 맥덕이 되었다. 나의 책을 위해서 기꺼이 밤잠과 간을 희생해준 그녀, 늙지 않는 나의 어여쁜 엄마에게 감사를 전한다.

늦은 밤 원고를 쓰거나 맥주를 마실 때면 원인불명의 쓸쓸함과 불안감이 몰려오는 순간들이 있었다. 그런 밑도 끝도 없는 음기의 엄습에서 나를 구원해주는 작은 존재가 있었으니…… 바로 둑분이다. 널을 뛰는 듯한 나의 취침시간과 바이오리듬에 늘 맞춰주는 충견, 둑분이. 나의 맥주 타임을 늘 그렁그렁한 눈으로 기다리는 (구운 오징어가 딸려오므로…) 둑분이를 비롯해, 밤낮이 없는 프리랜서 주인의 곁을 지키는 지구상의 모든 강아지, 고양이에게 축복과 사랑을 보낸다.

끝으로 나의 비루한 글과 입맛을 신뢰해준 신정민 교유당 출판사 대표께 감사를 전한다. 아무쪼록 그의 '촉'이 틀리지 않았음이 증명되기를 간절히 바란다.

✳ 홀짝홀짝 편의점 맥주

✤ 3 영화로운 맥줏집

벌컥벌컥
브루어리

처음으로 수제 맥주를 맛본 곳은 이태원 어딘가였다. 맛이 각기 다른 맥주를 하나씩 마셔보는 것이 재미있었는지 이후로 우후죽순 생겨나는 전국의 모든 브루어리에 가보겠다고 마음을 먹었다. 주로 영화제가 열리는 도시(부산, 울산, 전주, 강릉, 제천 등)에 기반한 브루어리부터 출장을 핑계로 다니기 시작한 것이 지금은 어느 도시, 무슨 브루어리의 어떤 맥주가 맛있는지 정도는 꿰고 있게 되었다. 그렇게 지난 5년 동안 다닌 브루어리 중 가장 매력적이고 (물론 맥주 맛을 포함) 인상적이었던 열 곳을 선정했다(브루어리의 등장 순서는 순위와는 무관하다). 정말 뛰어났지만 영화와 페어링을 하는 과정에서 안타깝게 빠진 브루어리들도 있었다. 부산 송정의 툼브로이, 울산의 트레비어, 수원의 펀더멘탈 브루잉이 그것이다. 이 브루어리들에게는 다른 방법으로 보답(?)할 만한 기회를 엿볼 것이다.

일정한 룰이나 패턴으로 브루어리와 영화를 짝지은 것은 아니다. 때로는 브루어리의 공간이나 동네에서 연상되는 영화(혹은 영화인)로, 때로는 상호와 비슷하다는 이유로, 때로는 맥주를 마시고 나서 떠오른 영화들과 매칭했다. 그럼에도 단언컨대, 언급된 영화들은 그 자체로도 매력과 가치가 충분한 작품들이다. 아무쪼록 책을 읽는 독자들이 내가 그랬던 것만큼이나 이 훌륭한 공간들과 영화들로부터 안식과 환희를 얻기를 바란다.

유자 페일에일과
〈쇼생크 탈출〉

초등학교 4학년 때부터 6학년 때까지 3년간 걸 스카우트 활동을 했었다. 순전히 걸 스카우트의 멋진 휘장과 그 위에 덕지덕지 붙어 있는 반짝반짝한 배지에 반해서 사흘 밤낮을 졸라 간신히 획득한 나의 새로운 '지위'였다(단복, 월회비 등 비용이 만만치 않아서 부모님을 설득하는 것이 남북정상회담급으로 힘들었다). 걸 스카우트를 시작하고 처음으로 간 야영지가 경주였다. 불국사, 첨성대 등 경주를 상징하는 다소 뻔한 곳들을 돌아다녔는데 그게 그렇게 즐거울 수가 없었다. 그리고 25년여 후, 나는 맥주를 마시러 경주로 향했다. 불국사도, 첨성대도, 요새 난리라는 황리단길도 나의 기댓거리가 아니었다. 그건 거품이 가득한 맥주였다. 살짝 허기가 돌 때, 아울러 적당한 갈증까지 장착(?)되어 있을 때 마시는 맥주는 이대로 죽어도 좋다고 요절을 선언하게 할 정도로 짜릿하다. 울산에서 시작된 '화수 브루어리'가 주 거처를 경주로 옮긴다는 소식을 듣고 꼭 가보겠다고 마음을 먹었었다. 본점이 울산이기는 하나, 경주에 있는 화수 브루어리는 체인이 아닌, 창업자가 직접 운영하는 직영점이자 오너가 상주하고 있는 곳이기도 했다.

경주의 상징과도 같은 각종 문화재와 전통 건축물과는 달리 화수 브루어리 경주점은 최첨단의 끝을 보여준다. 들어서면 셀프 서빙 팔찌를 받아 원하는 맥주를 원하는 양만큼 '길어다' 마실 수 있는 시스템이다. 그보다 더 놀라웠던 것은 모든 메뉴를 로봇이 서빙한다는 점이다. 정말 초현실적이지 않은가. 안주를 서빙하는 로봇이라니…… 그것도 문화재의 도시, 경주에 거주하는. 치킨을 열심히 나르고 있는 하얗고 매끈한 로봇을 한참 동안 물끄러미 보다가 곧 나의 본분을 깨닫고 메뉴판을 집어들었다. 쭉 나열된 맥주 중에 '유자 페일에일'이 가장 먼저 눈에 들어왔다. 페일에일(Pale Ale)을 선호하는 편은 아니지만 적당히 목이 마른데다가 식사를 건너뛰고 차 안에서 줄곧 군것질로 때운 상태라 뭔가 상큼한 것이 마시고 싶었다. 원래도 과일향을 띠는 페일에일에 유자향이 더해지면 어떤 맛이 날까. 여기에 쌉쌀한 끝맛이 더해지면……. 요리조리 추리를 해보다가 결국 유자 페일에일을 선택했다.

'유자 페일에일'

일단 온도가 마음에 들었다. 얼음처럼 차지는 않았지만 충분히 시원해서 갈증을 느끼던 온몸의 세포들이 내가 마신 맥주 한 모금 한 모금에 닥지닥지 들러붙어 청량함을 빨아들이는 기분이었다. 목 넘김이 순하고 상큼해서 첫 모금보다 두번째 모금이, 두번째보다 세번째 모금이 점점 더 커지는 위험한 맥주였다. 순간 떠오르는 영화가 있었다. 바로 프랭크 다라본트 감독의 〈쇼생크 탈출〉(1994)이다. 경주처럼 좋은 데를 가서 웬 감옥영화냐고 하겠지만 (사실 이 출장이 원고 감옥의 탈출 같은 역할을 하기는 했다) 〈쇼생크 탈출〉은 평생 맥주를 먹지 않겠다고 선언한 사람(그런 짓을 하는 사람이 있기는 할까?)마저도 당장 맥주를 들이켜게 할, 맥주 프로파간다 영화 격의 작품이다.

〈쇼생크 탈출〉의 주인공, '앤디(팀 로빈스)'는 촉망받는 은행 부지점장이었지만 아내와 그 애인을 살해한 누명을 쓰고 종신형으로 쇼생크교도소에 수감된다. 침울해하던 앤디는 교도소 내에서도 바깥 세상의 모든 물건을 구해주는 '레드(모건 프리먼)'와 친해지며 교도소 생활에 점차 적응하게 된다. 그러던 어느 날 앤디의 전 직업을 알게 된 간수장은 본인이 모아놓은 검은돈의 탈세를 맡기고, 마침내는 그의 전용 회계사로 일하게 한다. 앤디는 큰 건을 해결할 때마다 대가를 요구했는데, 그중 하나는 감옥 동료들에게 맥주 한 박스를 공수해주는 것이었다. 드디어 뙤약볕이 피부를 뚫을 것처럼 더운 날의 오후, 야외 노동을 마친 죄수들에게 물방울이 송글송글 맺힌 차가운 맥주가 배달된다. 모두들 환호성을 지르며 앤디에게 박수를 보내고, 앤디의 단짝인 레드 역시 큰 미소를 지으며 맥주 한 병을 집어든다. 이때 등장하는 '스트로스 보헤미안 맥주(Stroh's Bohemian Beer)'는 필스너(Pilsner)다. '보헤미안 맥주'라는 이름은 사실 미국에서 필스너를 소개하기 위해 만든 것이고, '필스너'라는 용

〈쇼생크 탈출〉에서 죄수들이 맥주를 마시는 장면

어는 체코의 옛 명칭인 보헤미아의 한 도시, 플젠에서 만들어진 맥주라는 뜻을 지닌다. 플젠 사람들은 원래 방법대로 맥주 위에 이스트를 얹어 발효하는 대신, 맥주 아래에 이스트를 까는 방식으로 조금 더 투명하고 질 좋은 맥주를 만들어냈다. 필스너는 미국식 라거(Lager)의 원형으로 인식되기도 한다. 영화 속에 등장한 스트로스 보헤미안 맥주는 1850년에 미국 디트로이트에서 시작된 맥주 브랜드다.

앤디와 레드, 그리고 그 동료들이 모여 앉아 함박웃음을 지으며 누군가는 벌컥벌컥, 누군가는 홀짝홀짝 아껴 마신 스트로스 보헤미안 맥주의 맛은 어땠을까. 그 순간만큼은 다들 죄수가 아니라 멋지게 일과를 마친 노동자의 일상을 누리는 기분이지 않았을까.

경주에서 만난 이 유자 페일에일은 내게 그런 맥주였다. 어쨌거나 나는 죄수가 아니니 아낌없이 벌컥벌컥 한 잔을 깨끗이 비워냈다. 푸드파이터의 속도로 마셨더니 얼굴이 뜨거워졌다. 그간의 지난한 노동이, 지옥 같았던 주변인물들이 모두 삼라만상의 티끌처럼 아득하고 아름답게 느껴진다. 6500원짜리 맥주 한 잔이 몇백만 원어치의 마인드테라피를 대체해준 셈이다(노동자들이여! 맥주를 마시자!). 이 대목에서 반드시 필요한 것이 있다. 다. 음. 잔.

첫잔보다는 좀더 묵직한 것을 마시고 싶다는 생각을 하며, 나의 허기를 채워줄 탭으로 가득한 벽면을 응시했다. '경주맥주'라는 맥주가 눈에 띄었다. 맞다! 내가 경주에 있었지. 도착하자마자 브루어리로 달려왔으니 장소 감각을 완전히 상실했다. 경주 관광은 경주맥주를 마셔보는 것으로 대신하자. 경주맥주는 알코올 도수가 7.5%로 IPA(India Pale Ale) 수준의 높은 도수를 가지고 있지만, 상대적으로 낮은 도수의 맥주들이 많은 '밀맥주'다. 바나나향이 나서 달큰할 것 같지만 단맛보다는 홉의 쓴맛이 약간 더 두드러지는 '생즙' 느낌의 맥주로 상상하면 된다.

첫잔을 뙤약볕 아래의 노동자처럼 들이켰다면, 두번째 잔은 한 모금을 잘게 쪼개서 입천장 구석구석에 조금씩 가둬두고 맛을 학습했다. 초반의 바나나향은 길지 않다. 입안에 맥주를 머금고 코로 숨을 들이쉬면 온갖 종류의 향긋함과 약간의 클로브향이 느껴진다. 한 모금 한 모금을 천천히 사탕 먹듯 마셨지만 그 맛은 전혀 권태롭지 않았다. 사실 맥주 두 잔을 연거푸 마시고도 주전부리에 손 한번 가지 않는 것은 흔치 않은 일이다. 경주에서 만난 화수 브루어리의 맥주는 그랬다. 한 모금에도 몇 가지의 과일과 향신료를 떠올리게 하는, 혹은 그 어느 것도 결국에는 떠올릴 수 없게 하는 미味 궁의 맛을 경험하기에 오감은 이미 바쁘다.

최근에 〈쇼생크 탈출〉을 다시 보았다. 결국 탈출에 성공한 앤디가 뒤늦게 가석방으로 출옥한 레드와 재회하는 장면에서는 늘 그렇듯 눈물이 쏟아졌다. 이 작품을 연출한 프랭크 다라본트는 〈미스트〉(2007)를 포함한 할리우드의 굵직한 작품을 많이 만들었지만 〈쇼생크 탈출〉을 능가하는 완성도의 휴먼드라마를 탄생시키지는 못했다(아카데미에 노미네이트된 프랭크 다라본트 감독의 또다른 감옥드라마, 〈그린 마일〉(1999)은 인종차별적이라기보다는 인종의 재현 면에서 세련되지 못한 작품이라고 평가하는 바이다). 이제는 세상과 너무나도 멀어진 앤디와 레드, 그리고 동료 죄수들이 차가운 맥주를 손에 쥐고 생애 가장 기억에 남을 일탈을 맛보는 장면은 짜릿하다 못해 처연하다. 영화의 '전제(Premise)'라고도 할 수 있는 앤디의 탈출 장면보다도 더 그랬던 것은 어쩌면 맥주 때문이었을지도, 혹은 일상에서의 탈주를 꿈꾸는 욕망 때문이었을지도 모르겠다.

제2화
맥파이 브루잉

이태원과 신성일

수제 맥주가 막 부상하기 시작했을 무렵 영화평론가 선배와 이태원에서 자주 만났다. 맥파이 이태원도 그때 발견한 곳이다. 제주에 있는 '맥파이 브루어리'는 꼭 가보고 싶었으나 우리 같은 서울라이트(Seoulite, 서울사람)에게는 좀처럼 엄두가 나지 않는 일이었다. 그 대신 경리단길 입새에 위치한 맥파이로만큼은 언제든 향할 수 있었다. 맥파이는 계절마다 판매하는 맥주가 바뀌는 듯한데, 나는 늘 세종(Saison)을 가장 먼저 마신다. 벨기에의 왈롱 지방에서 만들어진 세종은 여름철에 마시기 위해 제조된 맥주라고 한다. 효모에서 오는 매캐한 스파이시함에 오렌지, 레몬과 같은 시트러스한 맛이 섞여 있으며, 과일향이 나는 밀맥주보다 드라이한 것이 특징이다. 맥파이의 세종은 레몬향이 강하고 도수가 4%로 다소 낮은 편이라

경리단 '맥파이 브루잉'의 외관

서 푹푹 찌는 한여름에는 그야말로 물처럼 마실 수 있다. 맥파이에 방문하면 나는 언제나 '봄마실'이라는 싱그러운 이름을 가지고 있는 맥파이만의 세종으로, 쓴맛을 선호하는 선배는 IPA로 시작한다. 나와 선배와의 룰이 있다면 서로의 '종목'을 침범하지 않는 것이다. 나는 주로 세종이나 밀맥주를, 선배는 오로지 IPA만 마신다. 이 룰이 생겨난 것은 서로를 향한 존중 덕이라기보다 둘 다 고집이 세서 저 좋은 게 아니면 시도조차 하지 않기 때문이다. 철저히 자기의 분야만 개척해온 결과 나는 나름 밀맥주의 전문가가, 선배는 IPA의 전문가가 되었다(여기서 전문가라 함은, 해박한 지식의 소유자라기보다 본인이 선호하는 맥주를 어디에서 파는지 정도는 꿰고 있다는 뜻이다).

우리 둘 다 맥주를 사랑하지만 사실 맥주를 마실 때 가장 많이 하는 이야기는 역시 영화 이야기다. 이태원 맥파이에 올 때마다 선

캔으로 판매하고 있는 '봄마실' 세종과 '써머써밋' IPA

배는 고(故) 신성일 배우의 이야기를 꺼냈다. 신성일은 그의 전성기, 1970년대에 이태원에서 태평극장을 운영했다고 한다. 당시에는 외화를 배급하는 일이 한국영화를 흥행시켜 돈을 버는 것보다 훨씬 더 쉽고, 이윤이 많이 남는 장사였다. 저마다 외화 배급권*을 따내기 위해 질이 떨어지는 저예산 한국영화를 만들던 시기였고, 자본력이 있는 유명 배우들이나 감독들은 저마다 극장을 운영해서**

외화를 수입해 돈을 버는 것이 관행이었다. 신성일 배우도 이 반열에 선 모양이기는 하지만 태평극장은 이태원에서도 계단을 한참 올라가야 하는 외진 곳에 위치해 있었고, 인기를 모으는 외화가 아니라 저예산 한국영화를 주로 상영했던 터라 관객을 모으지 못했다. 결국 태평극장은 1980년 11월에 폐업했다. 사업가로서의 신성일은 실패했지만 배우로서의 그는 한국영화사의 중추다. 한국영화의 황금기인 1960년대를 지배한 스타였고, 70년대와 80년대의 암흑기까지도 활약이 줄지 않은 유일한 배우였다.

선배는 신성일 배우를 장 폴 벨몽도에 비유했다. 젊었을 때 외모도 비슷하거니와 〈네 멋대로 해라〉(장 뤽 고다르, 1960)에서의 '미셸'과 〈맨발의 청춘〉(김기덕, 1964)에서 '두수'의 '앵그리 영 맨' 이미지가 흡사하기 때문이라고 했다. 나의 경우, '한국영화사'라는 수업을 하면서 신성일 배우의 영화를 숱하게 틀었지만 실제로 그를 본 것은 딱 한 번, 부산국제영화제 신성일 회고전에서였다. 나는 회고전에서 상영한 몇 개의 영화 중 〈초우〉(정진우, 1966)를 보기로 했다. 서울 중심가 곳곳을 쏘다니며 문희와 신성일이 데이트하는 장면을 큰 스크린에서 다시 보고 싶었기 때문이다. 그때 신성일 배우는 내 뒷자리에 앉아 영화를 보았다. 영화 상영 중 패티김이 부른 주제가, 〈초우〉가 흘러나올 때마다 뒷자리에서 신성일 배우와 영화제작에 참여했던 (지금은 연로하신) 스태프들이 촬영 뒷이야기를 주고받았다. 나는 그것이 재미있어서 귀기울여 들었지만, 신성일 배우를 모르는 젊은 관객들이 조용히 해달라고 핀잔을 주었던 기억이 난다.

신성일 배우가 돌아가신 후 그의 작품을 수업에서 틀 기회가 있었다. 선택한 영화는 이만희 감독의 〈휴일〉(1968)이었다. 신성일 배우의 숱한 주연작 중 내가 가장 좋아하는 영화다. 〈휴일〉은 여자친구의 낙태 수술비를 구하러 다니는 남자의 하루, 정확하게는 일요일을 그린다. 영화는 군사정권기 검열의 제재로 제작 당시에는 개봉도 하지 못한 채 묻혀 있다가, 2005년 영상자료원의 수장고에서 발견되어 제작된 지 37년만에 대중을 만나게 되었다.

〈휴일〉은 비가 쏟아지는 거리를 우산 없이 걷고 있는 젊은 남자, '허욱'을 비추며 시작한다. 그는 늘 그러듯 바쁘고 소란스러운 서울의 중심가를 어슬렁거리며 새점을 치고, 택시 기사를 속여 택시 요금과 담배를 뜯어낸다. 원하던 담배를 얻어냈지만 그는 항상 불이 없다(이 상황은 영화 속에서 몇 차례 반복된다). 결국 불 한번 붙이지 못한 그의 담배는 마침내 그의 연인, '지연(전지연)'의 성냥을 통해 불씨를 머금게 된다. 남자가 그토록 원했던 담배지만, 한 모금을 피운 후 연인의 공간은 차원을 전복하듯 급변한다. 화려한 거리는 어느새 쓰레기와 먼지가 휘날리는 황량한 남산의 어딘가로 변모하고, 이들은 먼지로 앞이 보이지 않는 길 언저리에 멈춰 선다. 아무것도 없는 이 빈 공간에서 연인은 뱃속의 아이를 없애기로 결정하고, 남자는 기다리겠다는 여자를 뒤로한 채 수술비를 구해오기로 한다.

영화는 궁극적으로 남자가 여자의 수술비를 구해 돌아오는 여정을 그린다. 그러나 결국 남자가 여자 앞에 섰을 때는 여자도, 태아도 죽은 상태다. 영화 전반에서 남자가 원하는 것을 성취했을 때는 딱 한 번, 지연의 성냥불로 담배를 피운 순간이다. 그러나 그가 원하던 것을 얻자마자 세상은 디스토피아로 탈바꿈한다. 디스토피아에서 그는 가장 사랑하는 존재를 잃는다. 디스토피아는 그가 원하는 것을 얻었기 때문에 찾아온 것이며, 이는 그가 원하는 것을 절대 이룰 수 없는 세상에 살고 있다는 사실을 역설하기도 한다. 다

가난한 연인의 휴일, 출처 KMDB

시 말해 이만희가 〈휴일〉에서 그리는 세상은 아무것도 원할 수 없는, 혹은 원해서도 안되는 '불가능'의 사회다.

〈휴일〉은 당시 검열관들이 지적한 대로 '우울한 영화'다. 가난의 벼랑 끝에 선 한 쌍의 연인도, 그들이 발붙이고 서 있던 황망한 남산 어딘가도, 그들을 바라보는 카메라의 시선도, 영화를 채우고 있는 모든 존재는 극도로 우울하다. 이는 〈휴일〉이 이만희가 1965년에 전작 〈7인의 여포로〉로 반공법 위반으로 구속되는 고초를 겪은 이후 얼마 되지 않아 제작되었다는 사실과 무관하지 않을 것이다. 그는 박정희 치하 군사정권기에 반공법 위반으로 수감된 첫번째 영화감독이다. 이 영화는 이후 검열로 만신창이가 된 후에야 〈돌아온 여군〉이라는 제목으로 개봉됐다. 세상은 이만희를 배신했지만, 이만희는 영화를 배신하지 않았다. 그는 연인의 무거운 발걸음과 표정을, 휴지 조각과 절망뿐인 서울의 한구석을 집요할 정도로 느린 롱테이크와 아름다운 이미지로 치환했다.

영화 속 신성일은 많은 양의 술을 마신다. 맥주와 위스키, 소주 등을 가리지 않고, 쉬지 않고 마신다. 그가 마주하는 인물 역시 대부분 취해 있거나 막 취하려는 참이다. 등장인물 대부분이 취해 있다는 사실은 영화의 도입부에서 허욱의 표정이 우울해 보인다며 덧붙이는 택시운전사의 대사, "요새 사람들은 다 우울해 보여요"로 암시되기도 한다. 이는 마치 우울함과 취해 있음을 동일시하는 것처

럼 들리기도 하고, 술에 취하는 것이 우울함을 견딜 유일한 해결책
이라는 듯 음주를 종용하는 것처럼 들리기도 한다. 영화를 보는 이
의 시점에서조차 〈휴일〉은 또릿또릿한 상태에서는 보기 힘들 정도
로 시대의 우울이 압도적인 영화다. 나 역시 선배와 이태원 맥파이
에서 신성일 배우에 대한 한판 썰을 가열차게 푼 날 집에 도착해
〈휴일〉을 다시 보았다. 영화가 끝난 후에도 한참 동안이나 신성일의
무기력한 표정, 그리고 그로부터 전염된 듯한 우울함과 취기는 계속
되었다.

'한옥스테이'와 전주국제영화제

2014년에 귀국한 이래 꽤 많은 영화제를 다녔다. 영화제에 가서 하루에 몇 편씩 원하는 영화를 몰아서 보는 것은 영화를 즐기는 가장 성스러운 방법이라고 생각한다. 많은 영화제 중에서도 전주국제영화제는 매년 가장 기다리는 영화제다. 유독 전주를 좋아하는 것은 영화제의 프로그램도 그렇지만 전주라는 공간 때문이기도 하다. 영화제의 중심인 '영화의 거리'에 숙소를 잡으면 모든 극장에 걸어서 갈 수 있다는 이점이 있고 (다른 영화제는 극장들이 흩어져 있는 경우가 많다) 전주라는 도시는 매 끼니를 환상적으로 해결할 수 있는 미식의 메카이기도 하지 않은가.

전주국제영화제는 고사동에 위치한 영화의 거리를 중심으로 열리는데, 이 등지는 예전부터 많은 식당과 가게가 즐비한 중심가이자, '객리단길'이 위치한 힙스터 타운이기도 하다. 즐길 것이 많은 동네라서 영화제에 사나흘 넘게 머물면서도 이곳을 한 번도 벗어나지 않은 채 서울로 돌아온 적이 꽤 있었던 것 같다. 그럼에도 가끔씩 축제의 소란이 지겨워질 때면 한옥마을로 향한다. 영화의 거리에서 20분 정도를 걸어가면 한옥마을에 도착한다. 사실 한옥마을에서 굉장한 것(가게든, 음식이든)을 만나본 적은 없지만 그럼에도 한옥이 주는 차분함이 그곳으로 향하게 한다.

'노매딕 브루잉'도 2년여 전, 영화제를 잠시 벗어나 한옥마을을 둘러보다가 만난 곳이다. 미시간 출신의 미국인 대표 존 개럿이 운영하는 곳으로, 2019년 4월에 문을 열었다고 한다. 한옥마을에 위치한 브루어리답게 노매딕 브루잉의 공간 역시 새로 지은 한옥이다. 아주 넓지는 않지만 테이블이 구석구석 내실 있게 채워져 있어서 늘 나를 위한 자리 하나쯤은 마련되어 있을 것 같은 기대를 갖게 한다. 처음 노매딕에 갔을 때도 역시 혼자였다. 이른 저녁에 창가에 앉아 탭 메뉴를 읽고 있으니 영화제에 온 것 같지가 않았다. 브루어리의 이름처럼 (노마드는 '유목민'이라는 뜻이다) 유랑을 하는 것 같이 느껴져서 마음이 설렜다. 노매딕에는 에일 종류의 맥주가 많다. 바이젠을 선호하는 나로서는 다소 아쉽지만 노매딕의 훌륭한 분위기와 맥주의 수려한 퀄리티는 그 어떤 까다로운 취향도 중요하지 않게 한다.

내가 마신 맥주는 '한옥스테이'라고 부르는 블론드에일(Blonde Ale)이었다. 시트러스한 향이 나는 상큼한 에일이었는데 뒷맛이 부드럽게 달아서 빈속에도 마실 수 있을 것 같은 편안한 맥주였다. 이날은 오후에 영화를 본 후 아무것도 먹지 못한 상태여서 그런지 뭔가 묵직한 음식을 곁들이고 싶었다. 여러가지 눈에 띄는 메뉴가 있었지만 나

'노매딕 브루잉'의 탭들

는 브라트브루스트(Bratwurst, 독일식 수제 소시지)를 선택했다. 사실 육류를 거의 먹지 않는 나로서는 고기향이 강한 것일수록 작게 썰어 먹는 습관이 있는데 노매딕의 소시지는 그런 면에서 탁월했다. 육향보다는 허브향이 더 지배적인데다가 무지막지하게 굵지 않아서 조금씩 잘라 먹기에 좋은, 훌륭한 안줏거리였다. 닭이 먼저냐 계란이 먼저냐 수준의 딜레마이기는 하지만 좋은 안주(술)는 술(안주)을 부르기 마련이다. 소시지가 도착하기도 전에 한 잔을 다 마시고, 또 한 잔을 주문했다.

홉향이 진한 맥주와 소세지는 '사이먼 앤 가펑클'이나 '비비스 앤 벗헤드'만큼이나 서로에게 필연적인 존재다.

　노매딕에서 훌륭한 저녁을 보내고 숙소로 돌아오니, 여행지에서 또다른 여행지를 다녀온 듯한 기분이 들었다. 그래서 매장에서 판매하는 그라울러를 샀는지도 모르겠다. 언제 써먹을지는 모르겠지만 확실한 건 그라울러를 볼수록 앞으로 더 열심히 맥주를 마시겠다는 불필요한 의지가 샘솟는다는 것이다.

　그렇게 노매딕을 발견하고 2년이 지난 후, 전주국제영화제를 다시 찾았다. 코로나의 열병이 꺾이는 듯하면서 영화제들도 생기를 찾았다. 평소에 하는 행사의 반절밖에 하지 못했던 전주국제영화제도 올해만큼은 예년의 스케일을 회복했다. 나 역시 나흘 동안 머물면서 크고 작은 행사에 참여했다. 올해 개인적으로 가장 주목했던 상영은 '태흥영화사 회고전'이다. 태흥영화사는 영화제작자 이태원이 설립한 영화사로, 1980~90년대 한국영화를 주도한 제작사[*]이다.

이번 회고전에서는 임권택 감독의 〈취화선〉(2002)을 비롯해 〈장남〉(이두용, 1984), 〈세기말〉(송능한, 1999), 〈기쁜 우리 젊은 날〉(배창호, 1987), 〈개그맨〉(이명세, 1988), 〈경마장 가는 길〉(장선우, 1991), 〈장미빛 인생〉(김홍준, 1994), 〈금홍아 금홍아〉(김유진, 1995)까지 총 8편의 작품을 상영했다. 한국영화사와 태흥영화사의 지표가 되는 작품들을 나란히 선보인 셈이다. 고심 끝에 나는 〈경마장 가는 길〉을 보기로 했다. 사실 영화과 수업에서 여러 차례 틀어준 영화지만 한 번도 극장 스크린으로 본 적이 없었기 때문이다. 무엇보다 하일지의 명문이 빚어낸 J와 R의 주옥같은 대사를 다시금 듣고 싶었다.

영화는 예상보다도 더 좋았다. 띄어앉기가 사라진 극장에서 좌석을 빼곡히 채운 관객과 함께 마주한 〈경마장 가는 길〉은 마치 1991년에 단성사에서 개봉했을 때의 분위기가 이렇지 않았을까 생각될 정도로 신선하고 흥미진진했다. 영화가 끝나고 나서도 문성근과 강수연이 코딱지만한 여관방을 전전하며 나누던 대사들이 들려오는 듯했다. 이 후폭풍을 그대로 간직하고 싶었다. 그러기 위해서

---

[*] 태흥영화사는 영화제작사이자 수입배급사이기도 했는데, 〈터미네이터〉(제임스 카메론, 1984), 〈프레데터〉(존 맥티어난, 1987), 〈다이 하드〉(존 맥티어난, 1988), 〈택시 드라이버〉(마틴 스콜세지, 1976)와 같은 할리우드 대작들을 수입해 흥행시키기도 했다.

맛있는 맥주가 필요했고, 망설임 없이 한옥마을의 노매딕 브루잉으로 향했다.

2년 만에 찾아간 노매딕 브루잉은 여전히 세련되고 아늑한 곳이었다. 내가 앉았던 테이블, 의자 등이 모두 그대로인 듯했다. 그중 가장 반가웠던 것은 노매딕의 시그니처, 셀프 팝콘 기계였다. 그릇에 팝콘을 그득 담고 한옥스테이를 주문했다. 다시 머금은 한옥스테이 역시 예전의 그 맛 그대로였다. 청량함과 묵직함이 적절히 뒤섞인 그런 이상적인 맛. 나는 예전에 앉았던 그 창가 자리에서, 예전에 마셨던 한옥스테이와 함께 〈경마장 가는 길〉을 다시금 소환했다. 프랑스 유학에서 만난 남녀. 논문을 대필해준 대가로 여자를 소유하려 드는 남자. 그런 남자를 요리조리 피하며 감질나게 하는 여자.

〈경마장 가는 길〉은 지식인 남녀의 추잡하고 가증스러운 대화로 가득찬 영화다. 관객은 두 시간여 동안 R이 J에게 끊임없이 섹스를 구걸하고 J가 한결같이 거절하는 끝없는 사이클을 목도해야 한다. 그럼에도 이 촌극이 싫지 않은 것은 이들을 바라보는 영화의 신랄하고 통쾌한 시선 덕분이다. 영화는 이들을 향한 조소를 숨기지 않는다. 가령, R의 섹스타령이 시작될 때면 카메라는 두 남녀에게서 탈출해 인근의 어떤 다른 남녀를 보여주는데, 이는 취객이 돈을 주고 하룻밤 상대를 사는 순간이거나 여관에서 몰래 나온 남녀가 헤어지는 순간이다. 따라서 영화는 돈을 받고 논문을 대필하거나 박사학위를 돈으로 사는 행위가 도시 곳곳에서 벌어지는 그 치졸한 거래들, 즉 욕망이 돈으로 환원되거나 돈이 욕망으로 환원되는 것과 다르지 않음을 보여준다.●

영화를 보자마자 노매딕으로 달려오기를 참 잘했다는 생각이 든다. 고즈넉한 한옥마을의 한가운데에서 미시간 출신의 미국인 사장님이 만든 맥주를 마시며 〈경마장 가는 길〉의 역학을 숙고할 수 있는 곳은 전 세계에 이곳 하나가 아닐지.

● 〈문화일보〉의 '에로틱 시네마'에 실린 필자의 글 중 일부를 인용했다.

고릴라가 나오는 고릴라 브루잉 vs. 고릴라가 나오지 않는 영화, 〈고릴라〉

'해피 아워'를 사랑하지 않는 사람이 있을까? 미국에서는 대다수의 펍이 (브레이크 타임 대신) 해피 아워를 운영한다. 사람이 뜸한 시간 동안 큰 폭으로 할인을 해주는 것이다. 내가 살던 블루밍턴의 명소, '요기스(Yogi's)'도 마찬가지였다. 밤 10시부터 12시까지 술을 포함한 몇 가지 메뉴를 반값에 먹을 수 있었는데, 이 해피 아워를 이용하기 위해서 밤 10시까지 필사적으로 굶었다가 폭식을 하고는 했다(요기스에서 먹던 콘도그*는 내가 10여 년간 먹었던 미국 음식 중 아직까지도 베스트다).

흔하지 않지만 한국에서도 해피 아워를 운영하는 가게들이 있

---

* Corn Dog. 소시지에 밀가루를 입혀 튀긴 약간 작은 버전의 한국식 핫도그라고 생각하면 된다.

다. '고릴라 브루잉'도 그중 하나다. 내가 방문했던 건 토요일 오후 4시 정도였는데 금, 토, 일요일 3시부터 6시 사이에 가면 사이즈 업을 해준다고 하니** 꼭 이용해보기를 권장한다. 돈으로 따지면 한 2500원(30% 정도)을 할인받는 셈이니 꽤 괜찮은 딜이다. 사실 맥줏집에서 해피 아워는 조심해야 할 존재이기는 하다. 할인이든 사이즈 업이든 '더' 주는 데 없어, '더더' 마시는 경우가 대부분이기 때문이다. 이날도 물론 그랬지만.

고릴라 브루잉은 예전부터 와보고 싶었던 곳이었다. 부산을 자주 가면서도 늘 해운대만 갔다 오는 터라 광안리를 여행할 시간을 따로 내기가 쉽지 않았다. 이날만큼은 오후 일정을 마치고 바로 고릴라 브루잉이 있는 광안리로 향했다. 펍에 입성하자마자 (해피 아워 사인 이외에) 가장 마음에 들었던 건 운동장만큼이나 넓은 공간이었다. 탁 트인 공간에 벽면을 가득 채운 다트들, 가게를 휘젓고 돌아다니는 집채만한 골든 레트리버 두 마리 (누구의 아이들인지는 파악하지 못하고 나왔다) 등 눈앞에 있는 모든 것이 널찍하고 커서 마치 내가 소인국에서 온 사람처럼 느껴졌다. 미국에 있는 대형 펍에 처음 갔을 때와 같은 기분이 들어 반갑고 편안했다. 또 인상적이었던 것은 고릴라 브루잉의 압도적인 맥주 라인업이다. 초등학교 운

** 광안리 본점 기준이니 다른 지점은 따로 문의를 바란다.

'고릴라 브루잉'의 '레드라거'

동장 수돗가처럼 나열된 탭은 대충 봐도 20개가 넘는 듯했다. 실제로 펍에서 주문할 수 있는 고릴라 맥주도 15~20여 가지 정도였는데 아마도 국내 브루어리 중에서는 가장 많은 수가 아닌가 싶다.

창가에 자리를 잡고 처음으로 주문한 것은 단풍빛을 띠는 엠버라거 종류의 '레드라거'였다. 엠버라거는 일반 라거에 비해 맛이 묵직하고 캐러멜향이 강해서 라거의 밋밋함을 싫어하는 나 같은 사람도 즐길 만한 라거 맥주다. 과거에 호프집에서 꽤나 인기를 끌었던 레드락이 대표적인 엠버라거다. '레드라거'를 기다리는 동안 창밖을 내려다보았다. 바로 건너편에 버스 정류장이 있었는데 정류장 앞에 놓인 긴 벤치에 앉아 있는 사람들을 보고 있으니 영화 〈포레스트 검프〉가 떠올랐다. '요즘 같은 시대에도 옆에 앉은 사람이 초콜릿을 권하면 받아먹는 사람이 있을까?'● '독이 들었다거나 약을 탄 초콜릿이라고 의심하지 않을까?' 등등 잡생각을 하고 있으니 어느덧 맥주가 도착했다.

● 〈포레스트 검프〉(로버트 저메키스, 1994)의 오프닝에 등장하는 장면이다.

영화에서 벤치에 앉아 있던 할머니가 검프의 초콜릿을 받아먹었듯, 나 역시 덥석, 레드라거 한 모금을 들이켰다.

과연 레드라거는 훌륭했다. 도수가 다소 낮은 것(4.6%)이 좀 아쉽기는 하지만, 매혹적인 붉은빛도, 약간의 과일향과 캐러멜향의 밸런스도 완벽했다. 라거 특유의 곡물맛이 지배적이지만 그보다 미묘하게 느껴지는 산미와 단맛이 더 매력적인, 완벽한 엠버라거였다. 결국 안주를 시키는 것도 잊어버리고 야금야금 한 잔을 다 마셔버렸다. 다음 잔은 무슨 맥주를 시킬까 행복한 고민을 하고 있는데 펍

전시된 굿즈들

의 한 코너에 전시된 굿즈들이 눈에 띄었다. 브루어리의 이름처럼 모두 고릴라를 주인공으로 하고 있다. 브루어리 대표가 고릴라를 퍽이나 좋아하는 모양이었다.

고릴라가 형형색색으로 그려진 포스터를 하나하나 보고 있으니 고릴라는 등장하지도 않는데 〈고릴라〉(존 어빈, 1986)라는 제목으로 개봉한 아놀드 슈왈제네거의 액션영화가 떠올랐다. 원제는 'Raw Deal'이라는 매우 누아르적인 타이틀인데 한국에서는 일본 개봉 제목을 그대로 가져와 썼다. 아놀드 슈왈제네거는 범죄 조직 소탕을 위해 신분을 위장하고 조직에 잠입하는 전 FBI 요원, '마크'를 연기한다.

영화는 시카고 최대 범죄 조직, 패트로비타에 맞서는 증인과 그를 보호하던 FBI 요원들이 갱단에 의해 몰살당하는 것으로 시작된다. 이중에는 FBI 팀장인 '해리 섀넌(대런 맥개빈)'의 아들도 포함되어 있다. 참살 현장을 목격한 해리는 아들의 원수를 갚기 위해 FBI 출신이지만 현재는 과잉진압으로 강등당해서 지역 보안관으로 지내고 있는 마크 카민스키를 고용한다. 해리는 마크에게 패트로비타의 조직에 침투하여 조직을 와해할 것을 지시한다. 그는 신분을 위장해 패트로비타 조직의 일원이 되는 데 성공하고, 조직의 숙적 라만스키 암살에 가담하는 등 패트로비타의 주요 공신으로 활약한다. 패트로비타의 신임이 두터워지면서 조직의 내부에 다가갈 수

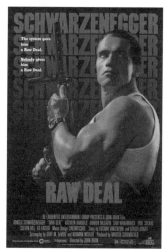

〈고릴라〉의 일본 버전과 미국 버전 포스터, 출처 IMDB

있게 된 마크는 FBI와 함께 조직을 초토화하는 데 성공한다.

놀라울 정도로 단순한 플롯과 영화가 끊긴 것은 아닌지 재차 확인하게 만드는 편집, 전형적인 캐릭터 등 영화의 전반적인 완성도는 (한국판 제목 센스만큼이나) 최악에 가깝지만 그럼에도 불구하고 이 영화에는 예기치 않은 서프라이즈가 다수 존재해서 다음 장면을 기대하게 만드는 신박한 매력이 있다. 예컨대 초반부터 시종일관 저예산 B급 영화의 톤을 고수하다가 영화의 후반에서 롤링 스톤스의 〈(I Can't Get No) Satisfaction〉이 장대하게 흘러나오는, 어마어마한 스케일의 폭파 신이 그것이다. 폭발의 불길을 뚫고 커다란 오토바이와 함께 희미한 미소를 띠며 등장하는 아놀드는 이 장면에서 〈터미네이터 2〉(제임스 카메론, 1991)의 전조를 보여준다. 결론적으로 나는 이 영화의 당돌할 만큼의 '후짐'을 즐기는 것 같다. 연기력 논란과 강한 악센트로 당시 나오는 영화마다 욕을 먹던 아놀드 슈왈제네거의 비교적 진화한 연기를 감상할 수 있는 첫 작품이라는 점도 이 영화의 주목할 만한 지점이라고 할 수 있다. 물론 그의 육체(?)와 액션은 늘 그렇듯 뛰어나다. 아마도 애초에 일본에서 '고릴라'라는 제목을 붙인 건 아놀드의 몸집을 빗대어 지은 것이 아닌가 하는 생각이 든다(네이버 영화정보에는 영화 속 마크의 코드 네임이 '고릴라'라고 나오지만 이는 잘못된 정보다).

노란빛이 강한 '부산 페일에일'

다시 고릴라가 '나오는' 고릴라 브루잉으로 돌아와서, 나는 두번째 맥주, '부산 페일에일'을 주문한다.

부산 페일에일은 강한 오렌지향과 쓴맛이 주를 이루는 화려한 에일 맥주다. 역시 4.3%의 낮은 알코올 도수가 불만이기는 하지만 (왜 한국의 브루어리들은 5% 이하의 낮은 도수를 선호하는지 모르겠다) 지금처럼 한낮에 느긋하게 즐기기에는 그런대로 만족스러운 맥주다.

오늘의 또다른 주인
공, 아놀드 슈왈제네거
의 이야기를 하나 덧붙
이자면 그는 아주 열정
적인 맥주 팬이라고 한
다. 구글에서 아놀드를
검색하면 그가 옥토버페
스트에서 맥주를 마시고

옥토버페스트에서의 아놀드, 출처 People magazine

있는 사진이 가장 많이 나온다. 보디빌더로 활동했던 시절에도 트
레이닝이 끝나면 맥주를 마셨다는 것을 보면 실로 오랜 기간 동안
한결같이 맥주를 사랑한 1인임은 분명해 보인다.

꿈같은 이야기지만 그가 한국에 방문해 행여라도 고릴라 브루잉
을 찾는다면, 그에게 '트리플 IPA'를 추천하고 싶다. 고릴라의 라인
업 중에서 10.5%의 알코올 도수를 가진 가장 '센' 맥주이기도 하고
IPA가 품고 있는 시트러스한 과일향에 강한 몰트의 향과 맛이 풀
바디로 장착된 묵직한 맥주이기 때문이다. 과연 '풀 바디'의 표상,
아놀드 슈왈제네거를 닮은 맥주다.

〈생활의 발견〉을 하는 데는 맥주가 필요하다

사흘 전에 춘천에 다녀왔다. 내 평생 첫 방문이었다. 괜찮은 맥주를 만드는 브루어리의 양조장 투어를 가보고 싶었던 차에, 춘천에 위치한 '스퀴즈 브루어리'에서 매주 토요일 양조장 투어를 한다는 것을 알아냈기 때문이다(예약하고 가기를 권장한다). 토요일 이른 오후의 춘천은 고요하고 깨끗했다. 비가 온 다음이라 그런지 거리는 말끔하게 씻겨 있었고, 풀향기와 뒤섞인 비냄새는 늘 그렇듯 묘한 설렘을 주었다.

스퀴즈 브루어리는 남춘천역에서 멀지 않은 곳에 위치해 있다. 한적한 큰길 한가운데에 붉은 벽돌로 지어진 브루어리 건물은 마치 시골에 있는 소방서를 연상케 한다. 마침 양조장 투어를 신청한 인원이 나와 동행자 둘뿐이어서 브루 마스터의 수업을 독점할 수 있었다. 이번 여행은 에일 맥주를 사랑하는 평론가 선배와 함께했는데, 그도 나도 맥주에 거액을 투자했다고 자신할 수 있는 1인으로, 맥주에 대해서는 뭘 좀 안다고 생각했지만 이번 투어를 통해 디테일에 있어서는 둘 다 얼마나 무지한지 깨닫게 되었다.

글을 쓰거나 말을 하는 것으로 먹고사는 선배와 나여서 그런지, 누군가의 설명을 듣고 질문을 하며 받아 적는 것은 실로 오랜만에 느껴보는 즐거움이었다(역시 남이 이야기하는 것을 들을 때가 가장 편하다). 그럼에도 불구하고 양조장 곳곳을 둘러보는 동안 가장 짜릿했던 액티비티는 역시 시음이다. 탄산을 주입하기 전의 '춘천 IPA'

'스퀴즈 브루어리'의 춘천 공장

를 맛보았는데, 마치 방금 짜낸 오렌지주스처럼 신선하고 향긋했다(IPA 본연의 쓴맛을 거의 느낄 수 없었다는 것이 신기하다). 역시 "음식은 산지의 공기 맛이 반"이라고 말했던 무라카미 하루키의 표현은 맥주에도 완벽하게 적용되는 듯하다.

브루어리 투어를 끝내고 위층 펍으로 올라와서 본격적인 '음용'을 시작했다. 총 6종의 맥주를 판매하고 있는 스퀴즈 브루어리에서 내가 처음으로 고른 맥주는 세종이다. 스퀴즈 브루어리의 세종, '파리의 꿈'은 여태껏 다녔던 국내 브루어리의 세종 중 가장 산미가 두드러지는 맥주다(마일드한 사워 비어에 가깝다고 생각하면 된다). 커피도 산미가 강한 종류를 선호하는 나로서는 정신이 번쩍 드는 이 시큼함이 싫지 않았지만, 일반적인 맥주 드링커에게는 과한 산미가 좀 부담스러울 듯하다. 세종을 깨끗이 비우고 다음으로 선택한 맥

양조장 내부

주는 '소양강 에일(알코올 도수 5%)'이었다. 바디가 가볍고 과일향과 맛의 밸런스가 좋은 에일로, 그날처럼 무더운 날에는 여지없이 과음을 부를 만한 맥주였다.

스퀴즈 브루어리 펍은

넓고 쾌적했다. 가장 좋았던 것은 펍의 큰 창을 통해 춘천의 거리를 한눈에 볼 수 있다는 점이었다. 한국영화에서 숱하게 춘천의 거리와 가게를 구경했지만 그 안의 나를 상상해본 적은 한 번도 없었는데 말이다. 내 기억으로는 1990년대 말, 2000년대 초반의 한국영화에서 춘천이 유독 많이 등장했다. 물론 지역 인센티브라든가 산업적인 배후(?)가 있어 그랬던 것인지는 모르겠다(이 부분은 영화계의 '주크박스', ○모 영화평론가에게 물어봐야겠다). 생각나는 대로 적어보자면 〈편지〉(이정국, 1997), 〈와니와 준하〉(김용균, 2001), 〈묻지마 패밀리〉(박상원, 배종, 이현종, 2002) 등이 춘천에서 촬영한 한국영화들이다. 자료에 의하면 〈여고괴담〉(박기형, 1998)에서 가장 결정적인 미스터리를 책임지고 있는 '귀신 나오는 미술실' 장면 역시 춘천에서 촬영했다고 한다. 그럼에도 나에게 있어 춘천으로 기억되는 첫번째 영화는 〈생활의 발견〉(홍상수, 2002)이다.

내게 〈생활의 발견〉은 (아직까지도) 홍상수의 최고작이자, 2002년에 개봉한 주옥같은 영화들(임권택 감독의 〈취화선〉, 이창동 감독의 〈오아시스〉, 박찬욱 감독의 〈복수는 나의 것〉 등)을 모두 제친 걸작이다. 춘천에서 경주로 이어지는 한 남자의 파란만장한 여정은 모두가 경멸하지만 모두가 경험해본, 혹은 경험중인 모순과 수치의 순간으로 빼곡하다. 영화는 '생활'을 연명하는 인간들의 교집합을 경수가 겪는 두 개의 에피소드로 보여준다.

반복되는 지리멸렬한 일상, 〈생활의 발견〉, 출처 KMDB

PART 1: 연극배우 '경수(김상경)'는 기다리던 배역에서 퇴짜를 맞고 영화사에게 가까스로 뜯어낸 100만 원을 챙겨 춘천으로 떠난다. 그곳에 사는 선배를 통해 무용학원 강사, '명숙(예지원)'을 만나게 된 경수는 술자리 후 명숙과 잠자리를 갖는다. 선배가 짝사랑하는 여자이지만, 명숙의 유혹을 뿌리치지 못한 것이다. 한 번의 잠자리 후 명숙은 경수에게 집착하기 시작한다. 경수는 사랑한다는 말을 해달라는 명숙에게 끌려가면서도 '질척대는' 그녀를 경멸하게 된다. 결국 명숙을 처참하게 버리는 것으로 선배와 화해한 경수는 집으로 향하는 버스에 몸을 싣는다.

PART 2: 경수는 부산으로 향하는 기차 안에 있다. 그는 옆자리에 앉게 된 '선영(추상미)'에게 반한다. 경수를 단박에 알아보고 그의 작품을 기억해주는 이 여자가 별 볼 일 없는 배우에게는 구원이자 사랑인 것이다. 결국 선영의 목적지인 경주에 내려 무작정 그녀를 쫓아간다. 선영은 유부녀이지만 집요한 경수의 구애에 넘어가고 둘은 술자리 후 섹스를 한다. 그날 이후 경수는 선영에 대한 집착을 멈출 수 없다. 다음 날 또다시 선영을 설득해 여관으로 향하지만 경수는 잠자리에서 실패하고, 집으로 가서 돈을 좀 가지고 나오겠다던 선영은 경수를 밖에 세워놓고는 끝내 나타나지 않는다. 선영이 괘씸한 경수는 혼자 술을 마시다가 종이에 선영이 바람을 피웠다는 글을 써서 선영의 집 앞에 펼쳐놓고는 도망간다.

이 영화에 열광하는 이유가…… 나한테 마조히스트 경향이 있어서인가?라는 생각을 해본 적이 있을 정도로, 나는 영화가 경수의 찌질함을 드러내고 그를 학대하는 과정에서 너무나도 큰 쾌감을 느꼈다. 여태까지도 인정할 수 없었고, 앞으로도 그럴 수는 없지만, 사실은 그랬다고 외치고 싶은 자기기만과 배신, 그리고 그로 인한 모멸의 순간이 내게도 있었기 때문이다. 따지고 보면 모두의 생활이 그렇듯, 적어도 이상(理想)이 아닌 생활(生活)에서라면, 돈을 위해서, 혹은 욕망을 위해서 양보해서는 안 될 선을 넘었다 말았다 하는 것이 우리 일상의 본질이 아닐까. 경수가 출연료 몇 푼과 여자를 위해 그랬듯 말이다. 생활을 관찰해보면 그 주체가 나이든, 상대방이든, 그토록 치졸하고 유치한 순간들의 연속이다. 나는 이 영화가 굳이 들춰내지 않고 살아온 나의 일상, 혹은 생활을 발견하게 해줘서 고맙다는 생각마저 들었다.

내 안의 '하이드 씨'를 마주하는 것은 쉽지 않은 일이다. 그러나 그것은 끊임없이 해야 할, 필연적인 일이다. 〈생활의 발견〉이 나에게는 그런 영화였다. 좋든, 좋지 않든, 필연으로 받아들인 영화. 그리고 어쨌거나 숭배하게 된 영화. 기차를 타고 1시간가량을 달려 당도한 춘천에서 막 뽑은 싱그러운 맥주를 마시며 일상의 비루함을 떠올리는 것은 역설이지만 그럼에도 불구하고 값진 경험이었다. 이 모든 것이 맥주가 있어 가능한 일이다. 맥주는 늘 운명처럼 예기치 않은 공간을, 영화를 소환한다. 그래서 이 둘을 향한 사랑을 멈출 수 없다. 영화와 맥주!

서울, 서울, 서울, Never forget oh my lover Seoul

공간으로서의 서울도 좋지만, 나는 '서울'이라는 단어 자체를 더 좋아하는 것 같다. 발화(發話)되는 소리도 사근사근하면서 고상한데다가, 발음을 하기에 따라서 완전히 다른 분위기를 내기 때문이다. 영어로 들으면 발랄하고 리드미컬하게 '써우-ㄹ', 스페인어로 들으면 문학적으로 '세울', 일본어로 들으면 단정하게 '세우르'로 들린다. 따라서 다른 지명과는 달리 서울만큼은 상호에 들어가도, 영화 제목에 들어가도 세련되게 느껴진다. '서울 브루어리'는 순전히 이름이 좋아서 찾아간 곳이다. 한국 브루어리의 이름 대부분이 영어이거나 외래어인 것을 감안하면 눈에 띄는 작명이다. 합정역에서 조금 떨어진 한적한 골목에 위치한 서울 브루어리는 주택을 개조해서 만든 공간이다. 벽, 천장, 테이블 모두 나무로 지어서 그런지 사방의 일관

'서울 브루어리'의 실내 뒷마당

내부 양조장

펍 입구에 있는 탭들

성에서 시간을 초월한 듯한 고고함이 느껴진다. 브루어리 내부는
넓지 않지만 공동 식탁이 놓여 있어 공간 활용 역시 효율적이다.

　이름을 보고 찾아간 곳인 만큼 메뉴에도 뭔가 '서울'스러운 것이
있지 않을까 기대했지만 그런 맥주는 찾아볼 수 없었다. 대신 '샐린
저 호밀 IPA'가 눈에 띄었다. 남이 시킬 때 맛보는 한두 모금이 아니
고는 좀처럼 마시지 않는 IPA지만 J. D. 샐린저[*]의 이름을 가진 맥
주를 어떻게 경험해보지 않을 수 있겠는가. 나는 망설임 없이 샐린

● J. D. Salinger. 『호밀밭의 파수꾼』을 지은 미국의 작가다.

'샐린저 호밀 IPA'   '골드러쉬 캘리포니아 카먼'

저 호밀 IPA를 주문했다. 다만 그의 소설 제목, 『호밀밭의 파수꾼』 을 따서 작명을 할 거면 IPA가 아니라 밀맥주를 만들었어야 하는 것이 아닐까 하는 쓸데없는 생각과 함께.

맥주가 도착했다. 역시 이름처럼, 샐린저 호밀 IPA는 밀밭을 연상 케 하는 탁한 오렌지색을 띠고 있었다. 처음에는 강한 홉향과 쓴맛 이 지배적으로 느껴지지만 뒤로 갈수록 오렌지향과 부담스럽지 않 을 만큼의 단맛이 선두로 남는다. 『호밀밭의 파수꾼』을 집필한 이후 로 은둔 생활을 했던 샐린저도 이 맥주를 위해서라면 속세로 뛰쳐 나오지 않았을까.

샐린저를 떠나보내고 선택한 나의 두번째 맥주는 '골드러쉬 캘리포니아 커먼'이라는 맥주였다. 진한 갈색이 특징인데 레드라거처럼 순한 맛은 아니고 몰트향과 쓴맛이 매우 강한, 독특한 맥주다. IBU*가 44로 서울 브루어리의 웬만한 IPA보다도 높은 편이니 쓴맛을 좋아하지 않는다면 피하는 것이 옳지만 그럼에도 미련이 있다면 355ml의 작은 사이즈로 시켜서 위스키처럼 홀짝홀짝 즐겨도 좋겠다.

맥주를 마시며 주변을 둘러보니 토요일이라 그런지 오후인데도 많은 사람들이 맥주를 마시고 있었다. 역시 보기만 해도 흐뭇한 서울의 광경이다. 이 장면이 50년대를 배경으로 고스란히 재현된 영화가 있다. 바로 이용민 감독의 〈서울의 휴일〉이다. 〈서울의 휴일〉은 한국전쟁이 끝나고 고작 3년 후, 즉 1956년에 제작된 영화다. 전쟁 직후에 제작되었지만 영화가 보여주는 서울이 굉장히 모던하고 유쾌해서 놀랐던 영화이기도 하다. 또 놀라운 점은 영화에서 맥주**를 마시는 장면이 꽤 자주 등장한다는 사실이다. 주인공들은 휴일 한낮에 한강의 선상, 남산의 호텔 등 서울 곳곳에서 맥주를 마시며 즐거운 시간을 보낸다. 시대적 상황을 고려하면 다소 비현실적으로

---

* 'International Bitterness Unit'의 약자로 맥주의 쓴맛을 나타내는 단위다. 알코올 도수와 상관없이 IBU가 높을수록 쓴 맥주라고 생각하면 된다. 쓴맛이 강하지 않은 라거의 IBU는 평균적으로 5~20 사이고, 에일 종류, 특히 IPA는 40이 넘는 경우가 많다.
** 영화에 등장하는 맥주는 모두 OB맥주다. OB맥주는 1933년에 시작해 현재까지 업계 1위를 차지하고 있는 국내 최장수 맥주 전문 기업이다.

〈서울의 휴일〉 개봉 포
스터, 출처 KMDB

느껴지지만, 한편으로는 영화에 등장하는 인물 대
부분이 중상류층이거나 전문직이라서 가능했던 설
정이 아닌가 싶다. 〈서울의 휴일〉은 캐릭터들의 여
가 수준 이외에도 판타지에 가까울 정도로 진보적
인 몇몇 설정이 눈에 띈다. 영화에 등장하는 여성
주인공은 고위 전문직, 특히 한국영화에서는 처음
등장하는 여의사이자, 본인이 소유한 병원의 원장
이다.•

영화는 '뷔너스 산부인과'의 원장이자 의사 '남
희원(양미희)'과 신문기자인 '송재관(노능걸)' 커플을
중심으로 일요일 하루 동안 벌어지는 사건들을 그
린다. 희원은 휴일을 맞아 피크닉을 가자고 재관을
조르지만 재관은 만사가 귀찮기만 하다. 결국 희원
의 등쌀에 못 이겨 외출을 하려는 순간, 재관은 신문사의 연락을
받고 나가버린다. 예기치 않게 살인사건의 용의자를 쫓게 된 재관
은 희원과의 약속을 까맣게 잊어버린다. 희원은 돌아오지 않는 재
관을 기다리다가 남편의 동료 기자들에 의해 맥주 파티에 불려나
간다. 동료들은 신혼인 희원에게 한턱 내라며 계산을 미룬다. 희원

• 〈서울의 휴일〉은 주인공을 고위직 여성으로 설정한 또다른 영화, 〈여판사〉(홍은원,
1962)보다도 7년이나 앞선 작품이다.

희원의 옆집 사모가 주도하는 선상에서의 맥주 파티

희원의 호텔 맥주 파티

〈서울의 휴일〉 마지막 장면

은 그들의 술값을 내주고는 동네로 돌아와서 응급환자를 돌본다. 한편 재관은 여러 위기 끝에 살인자를 잡는 데 성공하고 환자를 보러 나간 희원을 찾아 나선다. 가까스로 재회한 둘은 저물어버린 '서울의 휴일'을 함께 마무리한다.

앞서 언급했듯, 〈서울의 휴일〉에는 맥주를 마시는 장면이 몇 차례 등장하는데 이 모든 술자리의 중심은 여성들이다. 선상과 호텔을 배경으로 한 두 시퀀스에서 여성은 레크리에이션을 리드하거나

(희원과 희원의 옆집 사모 모두 '피크닉'을 계획한다는 설정도 같은 맥락에서 읽을 수 있다) 남자들이 못 내는 술자리 비용을 부담한다. 다시 말해 이 영화에서 '맥주'는 휴일을 휴일답게 보낼 수 있는 수단, 즉, 전후 한국 사회가 기준 삼아야 할 삶의 척도를 상징함과 동시에 (여성의 경제적 지위 상승을 보여줌으로써) 젠더의 역학 변화를 암시하는 장치이기도 하다.

물론, 맥주를 매개로 한 이 모든 상황과 설정은 영화의 배경이 서울이라 가능한 얘기다. 서울은 영화가 보여주고자 하는 이상적인 공간이자 (현대적인) 삶의 방식을 정의하는 토대가 된다. 그런 의미에서 생각해보면 서울의 정체성은 역설적이다. 현재의 우리에게 서울은 고전적인 이미지를 지녔지만, 서울은 늘 세련되고, 변화를 갈망하는 곳이기 때문이다. 서울 브루어리는 그런 서울을 닮았다. 단정한 외관을 통과하면 그루비한 음악과 함께 갓 뽑아낸 갖가지 맥주와 세비체, 모시조개 등 코스모폴리탄한 구성의 다채로운 주전부리를 즐길 수 있는 곳. 과연 서울의 휴일을 보내기에는 더할 나위 없는 곳이다.

헤밍웨이가 사랑한 나라, 쿠바의 영화들과 독립맥주공장

완성도만을 기준으로 영화를 평가하는 것은 때로는 필요한 일이지만 어리석은 일이기도 하다. 기술적인, 혹은 이야기적 완성도가 영화의 전적인 평가 기준이 된다면 존 워터스의 〈핑크 플라밍고〉(1972) 같은 괴작이나 1990년대 나이지리아영화들, 1970년대 엑스플로이테이션 영화*들은 애초에 영화(사)적 가치를 인정받을 수 없기 때문이다. 내게는 쿠바영화가 그렇다. 쿠바영화제에서 공개된 작

● Exploitation films. 엑스플로이테이션 영화는 1930년대부터 성행하기 시작한 B급 영화 혹은 메이저 극장에서 개봉하지 못하는 선정적이거나 폭력적인 영화들을 칭한다. 초기였던 30년대에는 주로 캠페인의 '탈'을 쓰고 성병 예방 영화(sex hygiene films), 성교육 영화(sex education films) 등 대중 교육을 표방하며 자극적인 영상을 보여주는 식의 전략을 썼다면 1960년대에 들어서는 (1968년 자진제작코드, 즉 자진검열의 철폐와 함께) 공공연히 섹스영화, 마약영화, 슬래셔영화 등 현재의 소프트포르노영화나 B급 영화의 정체성을 가진 영화의 산업을 형성했다. 이 시기에 탄생한 대표적인 B급 영화 작가로는 로저 코먼과 도리스 위시먼이 있다.

품들이 아니었다면 〈부에나 비스
타 소셜 클럽〉(빔 벤더스, 1999) 정
도의 영화(엄밀히 말하면 독일 감독,
독일 연출의 독일이 만든 영화다)로
쿠바 시네마의 전반을 가늠하는
우를 범하며 살았을지도 모를 일
이다.

2022 쿠바영화제 포스터,
출처 쿠바영화제 사무국

2022년 여름, 나는 서울에서
열린 쿠바영화제에서 Q&A를 진
행하는 일을 맡게 되었다. 생애 처
음으로 쿠바영화를 진지하게 보
게 된 셈인데, 결과적으로 나는
이 영화들을 통해 적지 않은 충격을 받음과 동시에 기존에 영화를
봐왔던 기준과 방식에 대해서 큰 회의를 느꼈다.

앞서 언급했듯, 쿠바영화는 완성도로만 평가한다면 부족한 요소
들이 명백하다. 산업 자체가 작아서 제작 편수도 적고, (자금 부족으
로) 대부분 해외 합작으로 만들어지는데다가 기술력도 세계적인 평
균을 밑도는 수준이다. 쿠바라는 나라와 그 문화에 최소한의 호기
심이나 애정이 없다면 쿠바영화는 꽤나 지루하거나 수준 이하로 느
껴질 것이다. 물론 표면적으로 그렇다는 말이다. 이번 영화제를 통

해 공개된 총 8편의 영화를 기반으로 본 쿠바영화의 공통점은 장
르와 상관없이 (마치 농담처럼) 스치듯 공유하는 예술적, 문화적, 정
치적 깊이와 문제의식이 놀라울 정도로 심오하다는 것이었다. 행사
를 마치고 나서도 나와 게스트들은 쿠바영화에 대한 각자의 흥분
과 단상을 나누는 것을 멈추지 못했다. 사실 일이 끝나고 나면 그
보다 재미있는 화제로 옮겨가는 것이 일반적인데 말이다.

　이야기를 더 나누기 위해 몰려간 곳은 영화제의 상영관이었던
씨네큐브 가까이에 위치한 '독립맥주공장'이었다. 독립맥주공장은
한적한 정동길 가운데에 있어서 아직까지도 많은 사람들에게 알려

'독립맥주공장'

지지 않은 숨은 보석 같은 곳이다. 한 여섯 가지 종류의 맥주를 사시사철 만들어내고 있는 탄탄한 마이크로브루어리이기도 하다. 포터와 세종, 라거, IPA 등 맥주 라인업이 다양한데다가 테이블 간격이 넓어서 (은밀한 이야기 가능!) 시간을 두고 많은 맥주를 마시며 편안하게 머물 수 있다는 것이 이 공간의 특장점이 아닌가 싶다.

내가 처음에 시킨 맥주는 '이화학당을 거닐며'라는 세종이었다. 상호에 걸맞게 모든 맥주에 독립과 관련한 이름(예: '작은 소녀상' 포터)이 붙어 있어 흥미로웠다. 이화학당을 거닐며는 일반적인 세종보다 풍미가 덜해서 라거에 가깝다고 느꼈지만 적당한 도수와 튀지 않는 상큼함이 꽤 마음에 들었다. 세종보다는 독특하고 매력적인 라거가 이 맥주의 정체성에 더 가까울 듯하다. 완벽한 빈속에 노동을 마치고 마시는 첫잔으로는 더할 나위 없는 웰컴 드링크다. 나는 첫잔을 거의 세 모금 만에 비우고 나서 본격적인 영화 이야기를 늘어놓았다.

'이화학당을 거닐며' 세종

상영작 중 가장 특이했던 영화로는 〈하바나 셸피〉(알투로 산타나, 2019)를 꼽는다. 여섯 개의 이야기로 이루어진 옴니버스 형식의 로맨틱

코미디이지만, 그 안에 뮤지컬과 웨스턴 등 다양한 장르가 혼재하는 어수선한 영화였다. 그럼에도 그 소란스러움의 이면이 놀라웠던 영화이기도 했다. 한 에피소드는 고급 레스토랑에서 일하는 세 명의 직원을 주인공으로 한다. 직원들은 모두 무명 단역배우이며, 할리우드 유명 감독이 온다는 소식에 흥분한다. 미국으로 가서 연기를 할 수 있는 기회를 얻을까 싶어서다. 그러나 이들이 부엌에서 호들갑을 떠는 사이 감독은 식사를 취소하고 자리를 뜬다.

이 작은 이야기 안에서 직원들은 영화에 대한 각자의 꿈을 이야기하며 많은 대사를 폭포처럼 쏟아낸다(중간에 발리우드 영화를 연상시키는 '집단 댄스' 장면도 등장한다). 모두 영화에 관련된 대사인데 그 주체가 파졸리니•에서부터 펠리니••까지 가벼운 코미디영화에서 마주칠 법한 수준은 아니다. 우디 앨런이 〈애니 홀〉(우디 앨런, 1977)에서 마샬 맥루한•••에 대해 장황한 설명을 (이 대목에서 마샬 맥루한이 직접 카메오로 출연해 전설이 되었다) 늘어놓은 장면만큼이나 난

• 피에르 파올로 파졸리니(1922~1975). 이태리의 영화감독. 1968년작 〈테오레마〉로 부상했고 〈살로 소돔의 120일〉(1975), 〈데카메론〉(1971) 등의 문제작들로 화제가 되었다. 좌파 운동가이기도 했으며 의문의 차 사고로 사망했다.
•• 페데리코 펠리니(1920~1993). 이태리 영화사에서 가장 중요한 거장 중 한 명으로 꼽힌다. 네오리얼리즘뿐만 아니라 판타지 요소가 지배적인 영화들까지 특정 장르나 경향에 함몰되지 않은 채 작가주의가 강한 '펠리니적' 영화를 만들었다. 〈길〉(1957)을 비롯해 〈8과 1/2〉(1968), 〈로마〉(1972), 〈달콤한 인생〉(1960) 등이 대표작이다.
••• 캐나다 출신의 미디어 학자. "Medium is the Message(미디어는 메시지다)"라는 이론이자 저서로 미디어이론의 혁명을 주도했다.

〈하바나 셀피〉의 레스토랑 에피소드

감한 순간이다. 중요한 것은 비단 영화 속 인물들이 보여주는 문화적 레퍼런스의 수준뿐만이 아니다. 이 영화에서 코미디적 장치로 쓰이는 요소들은 사실상 정치적 상징으로 기능한다. 예컨대 감독이 들뜬 직원들과 마주칠 기회도 없이 떠나버린다는 설정이 그것이다. 이들이 기다리는 '할리우드 영화감독'은 에피소드의 중추적인 존재지만 영화 속에서 한 번도 얼굴을 자세히 드러내지 않는다. 다시 말해 직원들에게 할리우드행이 그러하듯, 쿠바인들에게 미국은 '이상'이지만 마주해서는 안 되는 이상인 것이다. (미국에서 온 누군가를 계기로) '탈(脫)쿠바'를 하고 싶어하는 쿠바인들과, 그럼에도 불구하고 쿠바에 남을 수밖에 없는 이들의 운명은 다수의 작품에서 반복되며 쿠바의 정치적 현실을 상징한다.

또다른 영화, 〈죽은자들의 후안Juan of the Dead〉(알레한드로 브뤼게, 2011)도 비슷한 맥락에서 읽을 수 있다. 〈죽은자들의 후안〉은 조지 로메로의 〈시체들의 새벽Dawn of the Dead〉(1978)을 패러디한 제목이 암시하듯, 좀비영화다. 주인공인 후안은 중년의 나이에도 별다른 직업 없이 애인을 갈아치우며 술집을 전전하는 실패한 아버지다. 그의 전 부인은 미국으로 이주했고 딸은 외할머니와 함께 아바나에서 살고 있다. 후안은 자신과 비슷한 처지의 동네 친구들과 하루하루를 비루하게 보낸다. 가난하고 지루한 일상이 반복되는 와중에 아바나에 좀비떼가 들이닥친다. 후안은 이때다 싶어 친구들과 함께 좀비 퇴치 사업을 시작한다. 어쩌다보니 후안의 딸도 못미더운 아버지의 사업에 동참하게 된다. 좀비의 습격 이후로 영화는 많은 재난영화에서 사용되는 관습적 수순을 따른다. 그럭저럭 사상 초유의 사태를 버텨내는 가운데 친구들의 우정은 돈독해지고, 사이가 멀었던 딸과도 서서히 가까워진다. 물론 좀비와의 싸움이 길어지면서 팀원들을 하나둘씩 잃는 비극적인 일도 생긴다. 그러나 이 영화와 다수의 좀비영화, 혹은 아포칼립스영화의 차이점은 엔딩에서 드러난다. 일반적인 엔딩은 주인공이 사투를 벌인 끝에 결국 안전한 곳으로 도피하는 것이겠지만 이 영화에서는 난데없는 '선택의 순간'이 등장한다. 아바나의 끄트머리로까지 몰린 후안과 팀은 결정해야만 한다. 눈앞에서 기다리고 있는 보트 자동차를 타고 미국으로 떠날 것인지, 아니면 아바나에 남아 밀려드는 좀비떼와 승산 없는 싸움을 계속할 것인지.

그렇다. 미국은 쿠바영화에 있어서 모든 딜레마의 주인공이다. 〈죽은자들의 후안〉은 사회주의 국가의 좀비영화답게 후안이 미국행을 택한 친구들과 딸을 보내고 혼자 쿠바에 남는 것으로 끝난다. 이 대목에서 후안의 대사가 의미심장하다. "난 생존자야. 마리엘 난민사태와 앙골라 내전, 특별 시기 불황*도 다 버틴 사람이야. 이번에도 살아남겠지." 영화의 초반에서도 후안에 의해 반복되는 이 대사는 좀비영화가 아닌 프로파간다 영화의 엔딩과 더 어울릴 법하다(쿠바의 역사를 모르면 당황스러울 수 있는 부분이기도 하다). 영화 전반이 후안과 친구들이 벌이는 좌충우돌 코미디와 코미디를 가장한 고어 장면으로 이루어져 있다는 점을 감안하면 그가 딸과 친구들을 모두 미국으로 떠나보내면서도 좀비로 이미 점령당한 쿠바를 '국가 위기' 운운하며 떠나지 못한다는 설정은 억지스럽다. 이는 궁극적으로 영화가 '실패한 아버지' 캐릭터의 입을 통해서, 그럼에도 불구하고 (실패한 것으로 보이는) 쿠바는 많은 위기를 넘겼으며, 여전히 이곳은 떠날 땅이 아닌 지켜야 할 땅이라는 것을 호소하는 것처

---

* The Special Period. 소련의 붕괴로 일어났던 1990년대의 쿠바의 불황기를 말한다. 쿠바 역사상 가장 혹독했던 불황기로 꼽힌다. "How Cuba Survived and Surprised in a Post-Soviet World", Sara Kozameh(30 January 2021).

쿠바를 선택한 후안

럼 보이기도 한다.

　나머지 여섯 편의 작품 ― 〈우화〉〈더 이상 예전이 아니다〉〈율리〉〈품행〉〈결백〉〈하바나 스테이션〉 ― 역시 장르를 모두 달리하지만, 주인공들은 어느 순간 쿠바를 떠나 미국으로 갈 기회를 갈망하거나 주어진 기회에 대해 고민한다. 이는 카스트로 이후에 여러가지 위기를 겪은 쿠바의 현상황을 증거하는 잔재들이기도 하다.

　결론적으로 쿠바영화는 이러한 정치적 전제만으로도 진입 장벽이 높은 내셔널 시네마다. 그럼에도 뛰어난 재즈 선율과 갖가지 예술적 레퍼런스로 중무장한 이 영화들을 인생에서 마주한 것은 굉장한 행운이었다. 과연 헤밍웨이의 편애를 받아 마땅한 나라의 영화답다. 물론 헤밍웨이는 영화보다는 쿠바의 석양을 보며 다이키리를 마시는데 더 많은 시간을 썼겠지만 말이다. 헤밍웨이에게 다이키리가 있었듯이 나에겐 맥주가 있다. 쿠바영화를 안주 삼아 방문한 독립맥주공장은 그런 의미에서 최적의 공간이었다. 영화의 잔향이 머리에서, 가슴에서 꿈틀댈 때, 약간의 취기로 그것을 찬양하고 싶을 때, 극장 근처의 훌륭한 브루어리만큼 마땅한 장소가 어디 있겠는가. 영화가 남긴 여운이 가슴을 짓누르는 날, '만세'를 외치며 독립맥주공장으로 향해보자!

제천에서 만난 사람들
featuring 솔티맥주

제천은 인구 13만 남짓의 작은 도시다. 유명한 특산물도 없고 (내가 솔티맥주를 찾기 전까지는 그랬다) 들르고 싶은 관광지가 많은 도시도 아니다. 그럼에도 이 도시를 거의 매년 찾는 것은 제천국제음악영화제 덕분이다. 내가 제천을 처음 방문한 것은 2018년이었다. 배정받은 숙소는 제천 시내에서 한참 (차로 30분 정도) 떨어진 '레이크호텔'이라는 곳인데 영화제와 제휴를 맺고 있어 매년 영화제에 올 때면 이 호텔에 묵게 된다. 레이크호텔은 산중턱에 있어서 문명과 완전히 떨어져 있다. 〈13일의 금요일〉(숀 S. 커닝햄, 1980)에 나오는 캠핑촌(제이슨이 캠핑객을 몰살하는…)이나 〈캐빈 인 더 우즈〉(드류 고다드, 2011)의 숲속을 떠올리면 된다. 초행길에 택시로 이 호텔을 간다면 어느 순간 핸드폰 다이얼에 112를 눌러두는 자신을 발견하게 될지도 모른다. 사실 영화제 때문에 머물기에 이상적인 위치는 아니다. 영화들이 상영되는 극장과 멀리 떨어진데다가 시내에서 일을 마치고 돌아와서 들를 만한 그 어떤 가게나 편의시설도 주변에 없기 때문이다. 그럼에도 아침에 일어나 창문 너머의 푸른 청풍호를 마주하는 순간에는 이 호텔이 가진 '원시성'이 모두 용서된다. 호텔 건물 전체를 품고도 남을 만큼 넓은 청풍호는 이름처럼 파랗고, 깊이를 알 수 없는 만큼 그윽하다.

고립된 호텔의 또다른 장점은 영화제에 오는 거의 모든 게스트들과 시도 때도 없이 마주친다는 사실이다(물론 이는 보기 싫은 사람들

레이크호텔에서 본 비 온 뒤 청풍호

이 있을 때 큰 단점이 되기도 한다). 영화제의 주요 행사가 모두 이 호텔에서 열리는 만큼 평소에 보기 힘든 영화계 유명인사(?)들과 한정된 장소에서 비교적 격의 없이 파티를 즐길 수 있다는 것은 다른 메이저 영화제가 제공하지 못하는 큰 매력 포인트다. 나 또한 영화 잡지나 수업으로만 접하고 가르치던 사람들을 제천국제영화제에서 만났다. 소중한 인연들이 많지만 유독(?) 인상적이었던 인물들(과 장소)을 공유하고자 한다(만난 순서대로 나열).

■ **조영욱 음악감독** 〈대표작: 〈접속〉(장윤현, 1997), 〈친절한 금자씨〉(박찬욱, 2005), 〈신세계〉(박훈정, 2013), 〈아가씨〉(박찬욱, 2016), 〈헌트〉(이정재, 2022))

제천음악영화제에 간 첫해에 조영욱 음악감독을 만나게 되었다. 그는 영화제에 동행한 선배 평론가의 오랜 친구이기도 했다. 해가 지고 나서 호텔 1층에 있는 수영장 옆에서 맥주라도 마시자고 조촐하게 모였는데 선배 평론가는 갑자기 잠이 쏟아진다며 밤 11시에 '낮잠'을 자고 오겠다고 방으로 올라가버렸다. 나는 뭔가 뻘쭘해져서 호텔 매점에서 소주를 한 병 사왔다. 얼음을 가득 담아 글라스로 몇 잔 마시고 나니 갑자기 만사가 행복해졌다(원래 소주의 위력이란 이런 것 아니겠는가). 술을 마시지 않는 조영욱 감독님과 이런저런 영화 이야기를 시작했는데, 그의 끝도 없는 영화 리스트에 너무

나도 큰 충격을 받았다. 한국고전영화와 할리우드 영화에 있어서는 나름 각을 세울 수 있었지만, 화제가 루키노 비스콘티*에 다다르자 단 한 마디도 끼어들 수가 없었다. 그의 수려한 지식에 비해 내가 가진 이태리영화(주로 지알로 영화와 파졸리니에 편향된)의 이해 수준이 너무 비루했기 때문이다. 이날, 조영욱 감독과의 대화는 나에게 적지 않은 파문을 던졌다. 지금도 비스콘티 영화와 마주칠 때면 비스콘티가 아니라 조영욱 음악감독이 생각난다. 그런데 정작…… 비스콘티의 무슨 영화를 이야기했는지…… 기억이 안 난다(원래 소주의 위력이란 이런 것 아니겠는가).

POST SCRIPT 조영욱 감독님은 내가 아는 사람 중 가장 재미있는 사람 TOP5에 들어간다. 특히 그가 해줬던 한국영화계의 전설 '전자 이빨 3인방' 이야기는 팔만대장경처럼 경판으로 만들어놓고 싶을 정도다. 무슨 이야기인지 궁금하다면 조영욱 감독님에게 문의를! ^^

● 루키노 비스콘티(1906~1976). 이태리 출신의 감독. 비토리오 데 시카, 로베트로 로셀리니와 더불어 네오 리얼리즘을 일으킨 3대 작가로 일컬어진다. 대표작으로는 〈센소〉(1954), 〈보카치오 70〉(펠리니, 데시카, 모니첼리와 협업한 옴니버스영화, 1962), 〈베니스에서의 죽음〉(1971) 등이 있다.

■ 관금붕 감독 (대표작: 〈연지구〉(1987), 〈레드 로즈 화이트 로즈〉(1994), 〈초연〉(2018))

2019년에 관금붕 감독이 제천국제영화제에 심사위원으로 참여했다. 그의 영화 〈연지구〉를 사랑하는 한 사람으로, 그를 제천에서 만나게 되기를 너무나도 기대하고 있던 참이었다. 마침 호텔 야외에서 열리는 파티가 있어 참여했는데 자정이 넘은 시간에 관금붕 감독이 파티장으로 내려왔다. 역시 그는 내가 어렸을 때 읽던 영화잡지에 실리던 사진만큼이나 영특하고, 섬세하게 생긴 사람이었다. 다른 테이블에 앉아 있는 그에게 용기를 내어 다가갔다. 내가 그의 영화를 얼마나 좋아하는지, 이번 그의 신작 〈초연〉에 얼마나 많은 기대를 하고 있는지 이야기하고 싶었다. 내가 인사를 했을 때 그는 나를 반갑게 맞아주었다. 다만…… 그는 만취 상태였다. 주변 통신에 따르면 그는 다른 멤버들과 방에서 이미 많은 병의 와인을 마시고 온 참이라고 했다. 그는 내가 하는 말을 그런대로 알아들어주었다. 서로 이메일 주소를 교환하기로 했는데 그가 준 것은 내가 전혀 접해보지 않은 한문투성이의 어플이었다(아마도 홍콩에서 사용하는 통신 어플이었던 것 같다). 안타깝게도 그와 더 긴 이야기를 나눌 수는 없었지만 주유소 앞의 풍선 인형처럼 휘청거리며 파티장을 걸어다니던 그의 모습을 잊을 수가 없다. 뭔가 코믹하기도 하고 귀엽기도 했던 홍콩영화의 거장, 관금붕.

🎬 마이크 피기스 감독 (대표작: 〈라스베가스를 떠나며〉(1995), 〈원 나잇 스탠드〉(1997), 〈썸바디 업 데어 라이크 미〉(2019))

마이크는 제천국제음악영화제 이전부터 알고 지낸 좋은 친구다. 그는 뛰어난 영화감독이기도 하지만 그전에 탁월한 씨네필이기도 하다. 나는 그의 영화적 취향과 지식을 존경한다. 마이크는 나보다 서른 살도 더 많지만 항상 에너제틱하고, 무엇보다 스타일리시하다. 빨간 바지를 소화할 수 있는 지구상에 몇 안 되는 인물이기도 하다. 나는 그를 2017년 어느 겨울에 런던⋯⋯이 아닌 충무로의 한 소고기집에서 만났다. 마이크는 프로젝트가 생겨 한국을 방문한 것이었는데, 관계자 몇몇이 만나는 자리에 내가 뒤늦게 합석을 하게 되었다. 이미 다른 곳에서 와인 2병을 비우고 간 터라 아무런 허물없이 (아마도 그 이상으로 친밀하게) 마이크를 대했고, 그는 나의 '과한 쾌활함'을 좋아했던 것 같다. 이후로 나는 마이크가 한국에 머물 때마다 서울 이곳저곳을 함께 탐험했고, 국내외의 많은 영화제에서 마이크를 만나거나, 내가 관여한 영화제에 마이크를 초청했다. 그리고 이 모든 것이 멈췄다. 2019년 코로나가 시작된 이후 마이크와 나는 3년 동안 만나지 못했다. 그리고 2022년의 여름, 제천에서 그와 재회할 수 있었다. 마이크가 심사위원장으로 영화제에 참여하게 된 것이다. 비가 억수같이 내리던 제천국제음악영화제 개

장대비를 쫄딱 맞으며 개막식을 버티고 있는 마이크 피기스

막식 날(매년 약속이나 한 듯 개막식 날에는 비가 내린다), 마이크는 즐겨 매는 빨간 스카프를 두른 채 푸른 자켓을 입고 심사위원석에 앉아 있었다. 그날 리셉션에서 마이크와 좀더 많은 이야기를 할 수 있었지만, 리셉션의 모든 게스트가 그와 함께하고 싶어하던 터라 조용히 자리를 내주었다. 며칠 내에 그와 서울에서 재회할 예정이다. 그의 시니컬한 영화평이 그립다.

🎬 **솔티맥주** (대표작: IPA, 트라피스트 맥주, 밀맥주 등)

앞서 언급한 인물들 그리고 그 외에도 잊을 수 없는 소중한 인연들을 많이 선사해준 제천이지만 나 같은 술꾼에게는 좋은 술 역시 값진 인연이다. 제천에는 이것만을 위해서라도 찾아가고 싶을 정도로 훌륭한 브루어리가 있다. 바로 '솔티맥주'다. 처음 솔티맥주를 찾은 것은 2017년, 귀가 시릴 정도로 추운 겨울이었는데, 영화제가 아닌 다른 일로 제천을 찾았을 때였다. 제천역에서 20분 정도를 걸어 도착한 곳은 솔티맥주에서 운영하는 펍이었다(현재는 제천중앙시장 안으로 이전했다). 2월의 한파를 헤집고 들어간 펍은 따뜻하고 아늑했다. 미리 수집한 정보로 트라피스트(Trappist), 즉 수도원 제조 방식의 맥주를 만드는 곳인 줄은 알았지만 이런 곳이 제천에 있다는 점은 의아했다. 아마도 현재까지 트라피스트 스타일의 맥주를 만드는 브루어리는 국내에서도

제천의 솔티맥주가 유일하지 않을까 싶다. 솔티맥주의 '솔티'는 양조장이 위치한 마을의 이름이다. 정겹고 고즈넉한 이름이지만 맥주맛만큼은 '수수'하지 않다. 내가 맛본 솔티맥주의 공통점은 향이 세련되고 밸런스가 훌륭하다는 점이었다. 예컨대 맥주가 갖추어야 할 홉향이나 과일향이 그대로 드러나면서도 말미에 상큼한 산미 같은 것을

'솔티 IPA'

제천중앙시장 내부에 있는 양조시설

맥주 포장 손님이 끊이지 않는
'솔티펍'

느낄 수 있었는데 이 끝맛이 다음 모금을 재촉한다. 특히 IPA 마니아 선배는 그가 (국내에서) 먹어본 IPA 중 가장 훌륭하다는 극찬을 퍼붓기도 했다(물론 맥주 전문가가 아니기에 맹신할 것은 못 된다). 나역시 솔티의 IPA는 훌륭하다고 생각했다. IPA 특유의 오렌지빛, 코를 압도하지 않는 은은한 과실향과 적당한 쓴맛까지 나무랄 데가 없었다. 적절한 알코올 도수도 솔티맥주의 큰 장점이다. 국내 브루어리들이 도수를 4%대로 낮추는 경향이 있어 매우 불만이었는데 솔티맥주는 6%대의 높은 도수를 가진 맥주들이 많았다. 맥주의 최대 약점인 포만감을 줄일 수 있다는 것 역시 장점이다. 전반적으로는 4%의 세종부터 9%의 트리펠까지 도수가 다양하게 분포되어 있어 선택의 여지가 많다. 서울에서 찾을 수 없다는 것이 참으로 아쉽다.

POST SCRIPT 솔티펍은 음식을 팔지 않는다. 시장 안에 (몇몇 점포들이 모여 있는 '모아키친'이나) 다른 점포들로부터 안주를 공수받는 시스템이다. 다양한 메뉴가 있지만, 이왕이면 맥주의 향을 즐길 수 있도록 최대한 '개성 없는' 음식을 선택하기를 권한다.

고래 사냥을 하러 웨일펍으로!

상수동에 위치한 '웨일펍'은 홍익대학교에서 시간강사를 하던 시절에 알게 된 공간이다. 그 이후로 지금껏 다녔으니 꽤 오랜 시간 동안 충성을 바쳤다고 할 수 있겠다. 웨일펍은 웨일 브루잉 컴퍼니에서 직영하는 펍이다(합정역 근처에 위치한 '발리 슈퍼스토어' 역시 웨일 브루잉 컴퍼니에서 운영한다). 웨일 브루잉 컴퍼니는 다양한 맥주 라인업을 보유하고 있지는 않다. 처음 웨일펍에 방문했을 때는 바이젠과 흑맥주를 포함해서 세 종류 정도가 있었던 것 같은데, 요즘은 페일에일 한 종류와 열 가지 정도의 게스트 맥주를 판매하고 있다. 그럼에도 나는 꽤 일편단심 고객이라고 할 수 있다. 히피들이 집단 거주중인 것 같은 번잡한 인테리어, 머리가 띵할 정도의 진한 향냄새, 그리고 조금은 시끄럽다 싶은 볼륨의 음악까지, 이곳에 오면 동

'웨일펍' 내부

'페일 웨일'

유럽 어딘가에 온 것 같은 기분이 들기 때문이다.

물론 웨일펍의 독특한 공간만큼이나 그들의 맥주도 훌륭하다. 다양하게 주조하지 않는 것이 아쉬울 뿐이다. 웨일 맥주는 물처럼, 커피처럼 포만감에 크게 구애받지 않고 계속 마실 수 있는 것이 매력이다. 원래대로라면 바이젠을 마셨겠지만 이번 방문에서는 웨일 브루잉 컴퍼니의 페일에일인 '페일 웨일'을 주문했다.

웨일 브루잉 컴퍼니의 페일 웨일(이름도, 라이밍도 귀엽지 않은가? 창백한 고래라니! 물론 내 멋대로 한 해석이다)은 무난한 페일에일이다. 무난한 맛이라고 표현하기는 했지만 수많은 페일에일 중 무난하게 '맛있는' 맥주를 찾기는 사실 쉽지 않다. 누구나 즐길 수 있을 만큼의 쓴맛(IBU 41, 알코올 도수 4.6%)과 맥주의 맛을 누르지 않는 수준의 시트러스한 향, 폭신하고 넉넉한 맥주 거품까지…… 본분에 충실한 맥주라서 적어도 두세 잔 이상 이어 마실 수 있다. 내가 방문했을 때는 100분 노미호다이(일정 시간 동안 무제한으로 맥주를 마실 수 있는 서비스)를 3만 원에 이용할 수 있는 이벤트를 하고 있었는데 내가 슬로우 드링커가 아니었다면 무조건 도전했을 것이다.

'웨일 브루잉 컴퍼니'의 고래 로고

웨일펍은 이름에 걸맞게 벽마다 걸려 있는 고래 일러스트부터 맥주 컵과 코스터에 그려진 고래 로고까지 고래 이미지로 가득하다. 브루어리 대표가 고래를 동경하는 사람임은 분명하다. 고래는 최근 드라마 〈이상한 변

고래를 테마로 한 '웨일펍'의 네온사인들

호사 우영우)(이하 〈우영우〉)에서 우영우 변호사의 각별한 사랑을 받으며 인기몰이를 하기도 했다. 생각해보면 고래가 문화적 아이콘으로 부상한 것은 오래전이 아닌가 싶다. 사실, 그 시작은 바로 〈바보들의 행진〉(하길종, 1975)이었다.

최인호 작가가 각본을 쓴 〈바보들의 행진〉은 개봉 당시 15만여 명*의 관객을 모으며 흥행에 성공했다. 이 영화의 흥행으로 인해 (통기타, 청바지, 생맥주로 상징되는) '청년 문화'라는 단어가 만연히 쓰이기도 했다. 〈바보들의 행진〉은 철학과에 다니는 '병태(윤문섭)'와 '영철(하재영)' 그리고 병태의 여자친구인 '영자(이영옥)'를 중심으로 1970년대 대학생들의 삶을 보여준다. 특이한 것은 영화의 엔딩 크레디트에서 배우들 이름 옆에 그들이 실제로 재학중이거나 졸업한 대학교 이름이 명시된다는 점이다. 하길종은 실제 대학생(혹은 졸업생)을 캐스팅함으로써 영화 속 인물들의 삶이 현실과 다르지 않음을 강조하고 싶었던 것 같다.

전반적으로 사회비판적인 시선을 감추지 않는 영화지만, 〈바보들의 행진〉은 경쾌한 톤으로 시작한다. 초반부는 세 캐릭터의 좌충우돌 캠퍼스 라이프를 비교적 코믹한 설정을 통해 보여준다. 그러나 중반 이후부터 톤을 바꾸어 유신정권 치하의 젊은이들이 겪었을 치

● 국도극장에서 개봉했다. 데이터베이스화되지 않은 시스템에서 측정된 수치인데다가 서울 관객만을 집계한 것이라 전국을 기준으로 하면 30여만 명이 넘었을 것으로 추정된다.

욕과 아픔에 더욱 중점을 둔다.[*] 특히 주요인물 중 한 명인 영철은 우영우가 그러하듯 끊임없이 고래를 소환하는 캐릭터다. 영철은 부잣집 아들이지만 심한 말더듬증과 '취직도 안 되는 철학과'를 다니고 있다는 이유로 아버지에게 무시당한다. 그의 인생에서 가장 소중한 존재는 절친 병태와 술, 그리고 최근에 미팅에서 만난 순자다. 영철은 취할 때마다 고래를 찾으러 떠날 것이라는 말을 하지만 친구들은 영철의 말을 귀담아듣지 않는다. 어느 날 영철에게 영장이 날아오고 그는 신체검사에서 탈락한다. 아버지가 경멸했던 그의 나약함이 온 천하에 밝혀진 것 같은 마음에 영철은 크게 낙심한다. 엎친 데 덮친 격으로 순자 역시 영철을 떠난다. 절망한 영철은 고래를 잡으러 간다는 말을 남기고 바닷가 절벽에서 뛰어내려 자살한다.

〈바보들의 행진〉에서 영철이 찾으러 간 고래는 〈우영우〉에 등장하는 고래처럼 필요할 때마다 영우에게 영감을 주는 로맨틱한 존재와는 거리가 멀다. 영철의 고래는 이루지 못할 꿈, 그럼에도 불구하고 쫓을 수밖에 없는 허상과 희망 그 중간의 어떤 것이다. 이상의 상징이라기보다는 결핍의 상징에 가깝다. 그것은 아마도 1970년대 유신정권 아래 탄압의 시대에 자유를 갈망하는 청춘 모두가 통감할 만한 시대적 코드였을지도 모르겠다.

● 학교 내 시위 장면들을 포함해 15분 정도가 검열로 인해 삭제되었다.

각본을 쓴 최인호는 〈바보들의 행진〉의 수록곡 중 하나인 〈고래사냥〉(작곡, 노래 송창식)의 작사를 맡기도 했다. 노래의 가사는 영철의 짧은 삶을 가사로 변환한 듯 염세적이고 우울하다. '술 마시고 노래하고 춤을 춰봐도 가슴에는 하나 가득 슬픔뿐이네/무엇을 할 것인가 둘러보아도 보이는 건 모두가 돌아앉았네'로 시작하는 〈고래사냥〉은 영철이 청춘을 포기하고 바다로 뛰어들 때 흘러나온다. 이 노래는 후에 제작된 영화, 〈고래사냥〉(배창호, 1984. 역시 최인호 작가가 각본을 썼다)의 기반이 되기도 했다.

고래는 슬픈 역사 속에서 배태된 문화적 아이콘이지만 역설적으로 그 때문에 나은 세상을 향한 염원이 체화된 신화적 존재가 되었는지도 모르겠다. '마음속에 푸른 바다의 고래 한 마리 키우지 않으면 청년이 아니'[*]라는 정호승의 시처럼 고래는 청춘들이 누리지 못한 생명력과 리비도의 모체가 되었다. 그런 의미에서 오늘의 페일 웨일은 이 세상의 모든 주눅든 청춘에게 바치고 싶다. 그들의 마음속 '고래'를 위하여, Cheers!

● 「고래를 위하여」, 『외로우니까 사람이다』(열림원, 1998)

필스너에 가서 미스터리 한잔?: 〈내부자들〉의 라면과 미스터리 브루잉

아마도 내 인생에서 가장 많이 웃은 영화를 꼽으라고 한다면 〈극한직업〉(이병헌, 2018)……이 아니라 〈내부자들〉(우민호, 2015)이라고 답할 것이다. 극중 '우장훈(조승우)'이 내부가 훤히 보이는 화장실 변기에 앉아 있는 '안상구(이병헌)'를 보며 중얼거리는 대사, "참 ㅈ 같은 화장실이네"는 영화를 멈춰놓고 몇 분 동안이나 박장대소를 했을 정도로 압권이었다. 〈내부자들〉은 흥행에도 성공했지만 강렬한 인물과 대사가 화제가 되었다. 특히 깡패 두목인 안상구는 각종 코미디 프로그램에서 패러디되는 등 큰 인기를 끌었다. 영화 속 안상구의 대사, "모히토에 가서 몰디브나 한잔할까?" 역시 유행했는데, 아무리 들어도 잘 썼다는 생각이 든다.

상구파 두목 안상구, 〈내부자들〉

 윤태호의 웹툰을 영화화한 〈내부자들〉은 보수정당 대통령 후보, '장필우(이경영)'와 그의 후원자 미래모터스의 '오회장(김홍파)', 그리고 이들의 뒤치다꺼리를 담당하는 정치 깡패 '안상구'를 중심으로 벌어지는 이야기를 그린다. 이들의 배후에는 대한민국 여론을 쥐락펴락하는 논설주간 '이강희(백윤식)'가 있다. 크게 한탕을 치려던 안상구는 장필우와 오회장의 비자금 파일로 거래를 준비하다 발각되고, 장필우 일당은 안상구의 오른쪽 손목을 잘라버린다(이 대목이 조우진 배우를 일약 스타로 만든 "여 썰고 저 썰고" 신이다). 나락으로 떨어진 안상구는 의수를 하고 나이트 화장실에서 손님들 뻥을 뜯는 일로 생계를 유지……하는 듯 위장하지만 사실 그는 장필우, 오회장, 이강희를 향한 복수를 위해 새로운 판을 계획하고 있다.

우장훈은 지방대 출신이라는 이유로 늘 승진에서 탈락되는 '무족보 검사(극중에서 '무족보 검사'라는 표현은 과하다 싶을 정도로 자주 등장한다)'다. 우장훈은 마침내 대선 비자금 조사의 저격수가 되는 일생일대의 기회를 잡는다. 하지만 비자금 파일을 가로챈 안상구 때문에 수사는 강제 종결되고, 그는 좌천된다. 다시 기회를 엿보던 우장훈은 안상구 역시 복수를 준비중이라는 것을 알아차리고 협력할 것을 제안한다. 그렇게 안상구와 우장훈의 패자부활전이 시작된다.

캐리커처에 가까울 정도로 과장된 캐릭터와 극단적인 설정에도 영화는 꽤 설득력이 있다. 아마도 영화의 개봉과 비슷한 시기에 일어난 검찰 성접대 스캔들 때문에도 더욱 그랬을 것이다. 본의 아니게 주목을 받게 된 영화의 하이퍼리얼리즘도 그러하지만 이 영화에서 내가 가장 감탄했던 것은 이병헌 배우의 연기였다. 배우 이병헌은 이미 많은 작품에서 연기를 인정받았지만 나에게 있어 이병헌의 역작은 바로 이 영화, 〈내부자들〉이다. 안상구가 이은하의 〈봄비〉를 부르며 납치해온 (비밀 장부를 가지고 있는) 재무팀장을 향해 장도리를 들고 서서히 다가가는 장면, 신인 여배우의 처참한 연기력에 어이가 없어 웃는 장면, 나이트 화장실에 온 손님들을 상대로 팁을 뜯어내는 장면 등 이 영화에는 경이로운 순간이 빼곡하다.

특히 기억에 남는 것은 그가 먹는 장면들이었다. 그는 이 영화에서 참 다양하게, 많이도 먹는다. 라면, 맥주, 오뎅, 삼겹살 등 정치 음모를 중심으로 한 범죄드라마치고는 정말 많은 종류의 먹는 장면이 등장한다. 안상구는 일본 드라마 〈고독한 미식가〉의 주인공 고로상처럼 차분하게 앉아 음식을 맛있게 씹고 삼키지 않는다. 안상구는 험하게 자란 깡패인 만큼, 고상하게 먹지 못한다. 그는 언제나 음식이 입에 가득찬 상태로 (심지어는 씹는 중에도) 말을 하는 습관이 있고, 누가 옆에 있든 말든 먹던 음식을 고스란히 뱉어내는 것에 스스럼이 없다. 다시 말해 안상구가 음식을 먹는 많은 장면은 하나같이 안상구의 캐릭터 서술을 위한 장치인 것이다.

이런 맥락에서 안상구가 옥상에서 라면을 먹는 두 장면은 한국 영화에서 캐릭터를 정의하는 데에 먹는 장면을 가장 잘 쓴 예로 기록해두고 싶을 정도로 효과적이고 훌륭하다. 물론 이는 배우 이병헌의 무시무시한 연기력이 빚어낸 결과이기도 하지만 말이다.

첫번째 라면 신, 낮, 야외: 상구는 자신이 살고 있는 허름한 아파트 옥상의 평상 위에 앉아 라면을 끓여 먹고 있다. 오른손이 없는 상구는 왼손에 끼워진 젓가락으로 라면을 걸어 먹는다. 이때 상구의 오른팔, '박정팔(배성우)'이 찾아온다. 혼자 먹기에도 부족해 보인다며, 같이 먹자는 상구의 권유를 정팔은 사양한다. "콩 한 쪽도 나눠 먹어야 않긋냐"는 상구의 말에 정팔은 더이상 거절도 못하고 평상에 걸터앉아 상구가 따라주는 소주를 받는다. 입안 가득 라면을 넣고 연신 쩝쩝거리며 씹어 삼키던 상구는 곧 소주로 입을 가시고 정팔에게 장필우 일당 복수 작전의 보고를 받는다. 이런저런 말이 오가고, 대포폰을 건네받는 순간에도 상구는 라면을 입안 가득 넣고 어딘가를 유심히 응시하며 우걱거린다.

사실 이 장면에서는 라면보다 이병헌의 '씹는' 쇼트가 더 많이 나온다. 어금니로 라면을 박박 씹는 이 클로즈업에서는 포만감보다 분노가 느껴진다. 분명 상구는 라면을 우물거리는 이 순간에도 복수를 떠올렸을 것이다.

두번째 라면 신, 밤, 야외: 퇴근 후 상구는 여느 때처럼 아파트 옥상에서 라면을 끓여 먹는다. 펄펄 끓는 라면을 뜯지도 않은 젓가락으로 크게 '걷어 올려' 입에 욱여넣는데, 후후 불며 어금니로 몇 번 굴리더니 결국 고스란히 뱉어낸다. 소주를 병나발로 입안 가득 머금고 양치를 하듯 거칠게 가글(?)을 한 후 삼킨다. 이때 상구의 대사, "어따 ㅆㅂ 뒤질 뻔했네" (또하나의 박장대소 모먼트!)

앞선 라면 신에서 보인 비장함이나 긴장은 없다. 상구는 그저 배가 고프고 라면을 빨리 삼키고 싶을 뿐이다. 뜨거운 라면 때문에 '뒤질 뻔'했지만 그럭저럭 평

안상구의 유일한 낙, 라면에 소주

상구의 저녁. 이 라면 한 입을 상구는 결국 못 먹게 된다.

온한 한때……가 될 뻔한 상구의 저녁은 장필우 일당의 습격을 받으면서 진짜 '뒤질지도' 모르는 상황으로 급변한다. 상구의 대사는 이후의 상황을 암시하는 전주 같은 것이었다. 이어지는 구타 신에서 상구는 더욱더 처연해 보이는데, 그것은 그가 혼자 몇 명을 상대하며 얻어터지기 때문이기도 하지만 그보다도 그토록 원한 라면 한 젓갈 먹지 못한 상태라는 걸 우리가 알고 있기 때문일 것이다.

결과적으로 〈내부자들〉의 이 두 장면은 〈봄날은 간다〉(허진호, 2001)를 제치고 가장 영리하게 라면을 이용한 예이기도 하다. 그러나 이 옥상 장면에는 라면 말고도 숨겨진 보물이 있다.

〈내부자들〉의 옥상 장면은 공덕오거리에 위치한 '옥상휴게소'라는 야외 포차에서 촬영된 것이다. 워낙 오래된 빌딩이라 시설도 낡고 볼품없지만 이곳에서 보는 공덕 일대의 야경은 절경이라고 할 수 있을 정도로 멋지다.* 이 절경을 구성하는 빌딩 중 하나인 제화스퀘어의 1층에는 '미스터리 브루잉'이라는 수준급 브루어리가 있다.

참으로 억지스러운 영화와 브루어리의 페어링이라고 할 수도 있겠으나 꼭 그렇지도 않은 것이, 실제로 나를 포함한 많은 이들이 미스터리 브루잉에서 나와 2차로 근거리에 있는 옥상휴게소를 이용하기 때문이다(아마도 미스터리 브루잉의 안주들이 옥상휴게소의 시그니처 메뉴, 신라면을 절로 부르는 서양음식 위주이기 때문일지도 모른다). 미스터리 브루잉에는 자랑삼아 마땅한 맥주가 많다. 그중에서도 내가 가장 즐겨 마시는 맥주는 '이탈리안 필스너'다. 미스터리의 이탈리안 필스너는 쓴맛이 거의 없는 (IBU 23) 필스너로 고소함과 미미한 홉향이 매력적인 맥주다. 필스너는 미스터리 브루잉이 문을 열 때부터 있었던 '개관공신'인데, 오랫동안 미스터리의 식구였던 만큼 친근하고 무게가 있는 맛이라 나 역시 첫잔은 꼭 필스너로 시작한다. 사계절 내내 맛있게 마실 수 있는 맥주지만 특히 여름에 마셔보기를 추천하고 싶다. 엄청나게 더운 날 이슬이 송글송글 맺힌 차가운 잔에 담겨 나오는 이탈리안 필스너를 마시는 순간, 상구가 소주로 그랬듯 맥주로 입안 구석구석을 가글한 뒤 삼키고 싶을 것이다.

필스너로 산뜻한 시작을 했다면 두번째는 조금 더 묵직한 밀맥주가 좋겠다. 미스터리에는 다른 브루어리에서 찾기 쉽지 않은 독일식 밀맥주, '헤페 바이젠'이 있다. 이 책을 반 이상 읽은 독자라면 눈

● 〈내부자들〉의 개봉 후 옥상휴게소는 좀더 넓은 근처 서울가든호텔 4층으로 이사를 갔다고 한다.

치챘겠지만, 바이젠은 내가 가장 사랑하는 맥주 종류다. 헤페(Hefe)는 독일어로 '효모'를, 바이젠(Weizen)은 '밀'을 뜻한다. 따라서 헤페 바이젠은 효모가 살아 있는 밀맥주 정도로 생각하면 된다. 미스터리의 헤페 바이젠은 바나나향이 강하다. 가장 대중적인 밀맥주, 파울라너 블랑이 풍기는 시트러스 종류의 시큼함보다는 달달한 느낌의 바나나향에 (실제로 달지는 않다) 카스테라처럼 부드러운 텍스처가 특징이다. 맥주의 중추라고 할 수 있는 거품마저 맛있는 맥주라서 누구에게라도 추천할 만한 모범적인 맥주다.

미스터리의 맥주들이 만족스러웠다면 건너편으로 자리를 옮겨 '무비 투어'를 시작할 차례다. 옥상휴게소에는 상구의 밥상보다 다양한 안주가 구비되어 있지만 꼭 라면을 주문하기를 권한다. 소주한 병에 라면 하나라면, 〈내부자들〉의 상구와 똑같은 배경에 둘러싸여 하이퍼리얼리즘을 경험할 수 있다. 그렇다면 오늘밤은 일단 필스너에서 미스터리 한잔?

2
홀짝홀짝
편의점 맥주

다음은 언젠가 나의 SNS 계정에 쓴 글:

날씨가 더워지면서 안 그래도 겁나게 많이 마시는 맥주의 소비가 더 늘었다. 일주일에 5일 정도는 꼬박꼬박 마시며 배출되는 (수십 개의) 맥주 깡통을 발로 힘껏 눌러 재활용으로 내보내면서…… 이러다 무릎 연골이 다 닳아 없어질 수도 있겠구나…… 라는 꽤 그럴듯한 생각을 했다. 그러던 어느 날 「하루키를 읽다가 술집으로」[조승원, 2018]라는 책을 읽고 여름성경학교에서도 받지 못한 감동과 가르침을 얻었다. 이 책은 하루키의 소설과 에세이에 등장하는 술에 대한 서술을 충실히 묶어냈다. 다음은 책에서 발췌한 하루키와 그의 페르소나들의 맥주 예찬:

"이발소에 가서 머리를 깎고 그길로 가이엔으로 가서 잔디밭에 누워 하늘을 바라보는 거다. 그리고 차가운 맥주를 마시는 거다. 세계가 끝나기 전에"[『세계의 끝과 하드보일드 원더랜드』], "맥주 나라에 가면 나는 분명히 VIP급 빈객 대우를 받을 것"[하루키 본인], "골이 띵할 정도로 아주 차가운 맥주는 마치 인생의 양지와 같다"[하루키 본인] 등.

하루키의 맥주 찬양은 염세적이다. 맥주를 안 먹으니 죽겠다는 게 기본 골자인데 그게 그렇게 로맨틱하면서도 기특(?)할 수가 없다. 지금 이 시점에서 내가 하루키에게 바칠 수 있는 지극히 작은 오마주는 부지런히 맥주를 마시고 내일도 힘차게 재활용 봉지에 담을 맥주 캔을 지르밟는 것뿐이다.

실제로 나는 꾸준히 하루키에 대한 오마주를 실천했다. 열심히 맥주를 사다 마시고, 재활용도 착실히 했으며, 나아가 맥주에 대한 나의 사랑과 헌신을 담은 이 책을 쓰게 되었다. 영화를 사랑하는 3단계는 영화를 보고, 쓰고, 마침내는 만드는 것이라고 말했던 고다르처럼, 나 또한 2.5단계 정도는 성취한 셈이다. 챕터 1이 나와 인연을 맺은 영화와 브루어리에 대한 회고록이라면 챕터 2는 내가 사랑하는 맥주(와 영화)에게 바치는 러브레터다. 내가 왜 그들을 사랑하게 되었는지, 그들은 어떻게 서로를 닮았는지. 물론 이 챕터는 대한민국의 편의점 맥주 네 캔에 만 원(현재는 만 천 원) 행사가 없었더라면 존재하지 못했을 것이다. 성경의 율법보다도 소중하게 지켜져야 할 행사입니다!

제1화

1664 블랑

(제조사: 크로넨버그, 종류: 밀맥주, 알코올
도수: 5%)

인생맥주를
칸영화제에서
조우하다

편의점에 가는 이유가 오로지 맥주장을 보고 오기 위함이 된 지 수년이 흘렀다. 그동안 수많은 편의점 맥주를 마시고(해외에서 구매한 맥주 포함), 경험했다고 자신한다. 그럼에도 어떤 이유에서 하나의 맥주를 골라야 한다면, 여생이 한 50년이라고 (후하게) 치고 그 시간 동안 단 한 종류의 맥주를 마셔야 한다면, 나는 흔하디흔한 이 맥주, '1664 블랑'을 고를 것이다.

블랑을 발견한 건 지금으로부터 4년 전, 그러니까 2018년 프랑스 칸에서였다. 영화평론가라는 직함을 달고 처음으로 해외영화제 출장을 가는 것이었는데, 그것이 영광스럽게도 세계에서 가장 권위 있는 영화제, 칸영화제였다. 이름도 로맨틱한 '칸'이라는 도시는 내 평생 처음으로 만난 유럽 땅이자 프랑스였다. 니스공항에 도착해서 택시를 잡아타고 잎이 두꺼운 야자수가 가득한 호텔에 내렸다. 체크인을 하고 얼떨떨한 마음으로 밤을 보내다가 얼떨떨한 기분으로 아침을 맞았다. 영화제 출장이었으니 자유시간도 많지 않아서 그저 팀원들과 몇시에 어디서 만나야 하는지에만 온 신경을 쓰던 참이었다. 어렸을 때부터 사람들과 부대껴야 하는 팀플레이에는 소질도, 인내심도 없어서 칸에 도착한 이래로 혼자만의 시간이 간절했다. 영화제 배지를 픽업하고, 몇 편의 영화를 보고, 칸 필름 마켓을 돌고 오니, 이 정도면 (출장비에 얹어 나오는 쥐꼬리만한) 밥값 이상은 했다는 생각이 들었다. 무엇보다 드디어 혼자 한 끼를 먹을 수 있는 시간이 생겼다. BRAVO! 바람 빠진 풍선에 헬륨가스가 주입되듯 심장이 부풀고, 지친 삭신에 생기가 도는 것이 느껴졌다. 이 순간을 도대체 얼마나 기다렸던가!

식당을 고르는 데에는 아무런 문제가 없었다. 칸영화제의 상영작은 도시 전역의 여러 극장에서 상영되는데, 그중 경쟁작이 상영되는 메인 극장인 뤼미에르극장 앞에는 야외 테이블이 흐드러진 멋진 식당이 즐비하다. 그중에서도 늘 가고 싶었던 곳은 '라 캘리포니(La Californie)'라는 프랑스/미국 퓨전 레스토랑이었는데, 음식이나 맛보다 칸영화제의 메인 입구 바로 옆에 위치해 있어서 영화제 관계자와 배우들이 모여 있는 곳이었기 때문이다.

칸영화제 기간 동안의 '라 캘리포니'

　불행하게도 점심과 저녁 사이의 애매한 시간이라 그런지 낯익은 얼굴은 보이지 않았다. 와인이나 한잔할까? 그러나 프랑스에 온 지 이미 사흘째였고, 물처럼 마셔대던 와인이 조금씩 지겨워지기 시작한 터였다. 그렇다고 레알 물을 마시기는 더더욱 싫었다. 맥주는 영 취향이 아니라서 (그때는 그랬다) 망설였지만, 결국 프랑스 맥주인 1664 블랑을 주문하기로 했다. 음식이 나오기 전, 작은 종지에 산처럼 쌓아 담은 그린 올리브와 맥주가 먼저 나왔다. 허리가 잘록하게 들어간 블랑 전용 잔에 맥주를 따르고, 올리브를 우물우물 씹으

생애 첫 블랑

블랑과 함께한 대구 요리

며 한 모금을 마셨다. 정확히 그 순간. 모세의 지팡이가 홍해를 가르듯, 내 인생이 두 갈래로 갈라지는 것이 느껴졌다. 블랑을 마시기 전 우중충했던 나의 인생과 앞으로 블랑과 함께할 다채롭고 맛있는 인생. 내게 블랑은 그 정도로 강렬했다. 맥주의 맛 자체는 그렇게 강하지 않지만, 적당한 과실향, 산미, 부드러움, 그리고 전혀 거슬리지 않는 쓴맛 등은 지난 사흘간, 거의 제로에 가까운 신진대사율로 지탱해오던 나의 심신을 위로해주고도 남는 놀라운 배합이었다. 10분도 채 안 되어 한 병을 더 시켰다(355 ml는 정말 작다…). 그리고 얼마 후 또 한 병, 또 한 병…… 잘생긴 웨이터가 "진심으로 더 원해?(Are you sure you want more?)"라고 재차 확인하는 순간을 훌쩍 넘기도록 블랑을 들이켰다.

　나와 블랑의 동행은 그렇게 시작되었다. 한국의 편의점에서 '만원에 네 캔' 행사가 런칭한 이래로 현재까지 블랑보다 많이 산 맥주는 없다. 특히 2018년 여름, 에어컨도 없이 기록적인 무더위를 보내던 나에게 냉장고에서 막 꺼낸 블랑은 은인이자 안식이었다. 블랑에 대한 충성과 사랑은 한동안 계속되었다. 냉장고에 채워놓는 것은 물론이요, 生블랑을 마실 수 있는 곳이면 어디든 쫓아다녔다. 공덕에 위치한 '최대포 갈비'에서부터 안국의 맥주 노포 '모미지'까지, 서울 사대문 안에 위치한 웬만한 곳을 다 다녔지만, 블랑만큼은 캔맥주로 먹을 때 더 만족스럽다는 것을 깨닫는 데 오랜 시간이 걸리지 않았다. 아마도 이유는 온도가 아닐까 생각이 드는데, 블랑은 얼음처럼 차야 맛있기 때문이다. 저온에서 더 맛있게 느껴지는 것은 밀맥주의 공통된 특징이기도 하다. 밀맥주의 경우 온도가 다소 높거나 애매하면 비릿한 맛이 나서 유쾌하게 즐길 수 없다. 따라서 '역전할머니맥주'에서처럼 얼음 생맥주 스타일로 즐길 수 없다면, 블랑은 냉장고에 두었다가 차가운 상태에서 마시는 것이 가장 이상적이다.

또하나의 팁이 있다면, 블랑은 맛이 강한 음식과는 어울리지 않는다. 웬만한 한국 음식은 블랑의 매칭 카테고리에서 모두 제외될 것이다. 사실 가장 추천하고 싶은 방식은 배를 적당히 채운 후 디저트 대용으로 안주 없이 마시는 것이다. 그러나 공복에 마시는 것을 선호한다면 적당히 짭조름한 팝콘이나 건어물맛 과자들(오징어집, 문어다리맛 스낵 등)과 함께하기를 추천하고 싶다. 물론 칸에서 처음 맛봤을 때처럼 많이 짜지 않은 올리브와도 썩 잘 어울린다. 크로넨버그 블랑 홈페이지에 가면 어떻게 따르고 마셔야 가장 이상적인지 알 수 있다.

1. 일단 (병이든 캔이든) 따자마자 향을 들이마셔라: 일리가 있다. 블랑에는 오렌지 껍질과 고수가 첨가되어서 상큼하면서도 독특한 향이 난다.

2. 45도로 기울인 긴 컵에 (전용 잔 추천) 반만 따르고 똑바로 세워놓는다: 한꺼번에 따르면 거품이 너무 많이 난다.

3. 나머지 반을 따르는데, 이때 거품은 손가락 두 마디 정도가 적당하다: 블랑의 거품은 부드러워서 반드시 (일부러 내서라도) 얹어 먹어야 한다. 블랑을 마시는데 거품을 건너뛰는 것은 프라푸치노를 시키는데 휘핑크림을 빼고 먹는…… 하나마나 한 짓을 하는 것이나 마찬가지다.

팬데믹이 시작된 이후로 이 글을 쓰고 있는 현재까지 칸영화제를 가지 못했다. 영화제 기간 동안 출근하다시피 했던 뤼미에르극장, 칸의 해변, 할리우드 배우들을 심심치 않게 볼 수 있었던 크로아젯 주변 거리와 상가들이 모두 그립지만, 무엇보다 그리운 것은 라 켈리포니에서 날 맞아주던 그 잘생긴 청년……이 아니라 블랑 한 잔이다. 아직도 그 첫 모금을 떠올리며 블랑을 마신다. 따지고 보면 여행지나 특별한 장소를 기억해내는 것은 늘 머리가 아니라 코와 혀가 아니었던가. 구만리 떨어진 서울 집구석에서지만 오렌지향을 적당히 뿜어내는 얼음처럼 차가운 블랑 맥주를 홀짝거리고 있으면 뤼미에르극장 안에서 풍기는 퀴퀴한 카펫냄새가, 만나고 악수했던 수많은 손의 촉감이, 햇살을 반사하며 반짝이던 바다의 광채가…… 하나도 빠짐없이 떠오른다. 나에게 블랑은 프랑스 칸의 인덱스와도 같다.

제2화
곰표 맥주
(제조사: 세븐브로이, 종류: 밀맥주, 도수: 4.3%)

어쩌다 나는 곰의 노예가 되었는가

친한 사람이 술집을 한다는 건 나 같은 주당에게는 정말 축복받은 일이다. 나와 가까운 최인규 감독이 운영하는 망원동의 맥줏집, '더 파인트'는 나를 서술함에 있어 빼놓을 수 없는 장소이자 내 인생의 한 단면, 그러니까 포레스트 검프에게 베트남 같은 그런 존재다. 베트남전에 참전한 검프가 목숨을 건 위기를 넘기면서도 댄 중위와의 소중한 우정을 얻었듯이, 나는 파인트에 나의 싱싱한 간을 바치는 대신 좋은 벗들과 훌륭한 맥주와의 인연을 얻었다.

한때 맥주계의 '허니버터칩'으로 군림하던 '곰표 맥주' 역시 파인트에서 처음 조우했다. 어느 날 파인트 구석의 냉장고에서 뿜어져 나오는 하얗고 복슬복슬한 기운을 감지하고는 물었다. "이건 뭐예

요? 혹시 이게 요새 난리라는 그 곰표 맥주?" 감독은 그렇다고 했다. OMG!!! 나 역시 이 맥주를 구하기 위해 동네의 CU란 CU를 다 돌고도 실패한데다가 먹어봤다는 주변 인간들의 이죽거림을 서서히 인내하기 힘들어지던 참이었다. 이걸 여기서 발견하다니. 등잔 밑은 어둡고도 밝은 법이다. 이 뽀얗고 고운 백곰을 찾기 위해 얼마나 많은 허탕을 경험해야 했는가. 다 팔리고 네 병이 남았다는 말에 냉큼 전부 내 앞에 '쟁여'놓았다. 잔을 받아서 따라봤더니 색이고, 거품이고 전형적인 밀맥주의 '모냥새'를 그대로 보여주었다. 여리여리한 황금색을 띠고, 차곡차곡 미끄러지듯 쌓이면서 뽀얗고 부드러운 거품을 뱉어냈다. 일반적인 과일 베이스의 밀맥주(호가든, 블랑 등)보다 훨씬 상큼하고 또렷한 복숭아향을 가지고 있었다. 정말이지 군침이 돌았다. 곰표 맥주의 첫맛은 부드러운 산미였다. 마치 예가체프로 만든 차가운 아이스 아메리카노에 약간의 크림을 얹은 듯 실키한 텍스처와 맛. 몇 모금을 입안에 가두었다가

'더파인트' 냉장고에 앉아 있던 '곰'

한 번에 삼키고 나면 진한 시트러스의 잔향이 코로 올라왔다. 쓴맛이 다소 부족해서 누군가는 맹물 같다는 불평을 할 수 있겠다 싶었지만 에스프레소 대신 연한 원두커피를 마시고 싶을 때가 있듯, 맥주도 약간의 산미와 향으로 마시고 싶을 때가 있지 않겠는가.

아무튼 이날 곰과의 첫 만남 이후로 CU만 보면 우사인 볼트의 속력을 내어 곰표 맥주가 있는지 확인했고, 눈에 띄는 족족 사재기를 했지만, 그마저도 물량이 적어 집에 남아 있는 날이 없었다. 열고 닫는 시간이 따로 없는 편의점을 향해 몇 달 동안 오픈런을 한 셈이다. '곰표 대란'을 해결하기 위해 공장을 밤낮없이 풀로 가동한다는 기사를 몇 차례나 접하고, 두 개의 계절을 보내고 나서야 곰표 맥주를 부족함 없이 사서 쟁여놓을 수 있었다. 놀라운 사실은 곰표 맥주가 지금도 나의 냉장고 한쪽을 차지하는 생필품 같은 존재라는 것이다. 귀할 때는 맛있고, 흔해지고 나니 그냥 그런 것 같은 허니버터칩과는 다르게 이 맥주만큼은 한결같은 충성을 다짐하게끔 하는 것이다.

경험한 바에 따르면, 곰표 맥주는 단품으로 마셔도 좋지만 '체이서(Chaser)'로서 아주 훌륭하다. 체이서란 위스키나 데킬라, 혹은 보드카와 같은 독주를 샷으로 마시고 나서 입안에 남는 쓴맛을 가시기 위해 바로 따라 마시는 (비교적 도수가 낮은) 술이다. 사람의 입맛에 따라 다양한 체이서가 존재할 수 있는데 누군가는 '워터 백

(Water back)'이라고 해서 물을 마시기도 한다. 물론 나는 권장하지 않는다. 맛있는 술을 마시고 있는데 맛없는(無味) 물로 술맛을 가시는 것은 산통을 깨는 일이 아니겠는가. 독주와 어울리는 가장 흔한 체이서는 맥주다. 맥주로 체이서를 마실 때 '비어 백(Beer back)'이라고도 한다. 곰표 맥주는 쓴맛이 없고 탄산이 적당하며 향긋해서 피트향이 강한 위스키나 쓴맛이 도드라지는 데킬라의 체이서로 아주 훌륭하다. 독특한 향으로 즐기는 술일수록 안주를 피하는 것이 좋은데 (향이 부딪힐 수 있으니) 그런 의미에서 체이서는 안주 역할을 훌륭히 대신하기도 한다. 술을 안주로 마시는 발상은 도대체 누가 처음에 한 것일까? 무지막지하다고 느낄 수 있겠지만 나는 정통적이라는 생각이 들어 마음에 든다. 내가 가장 좋아하는 조합은 탈리스커(위스키)와 맥주 체이서, 그리고 패트론(데킬라)과 맥주 체이서. 흔히들 섞어 마시는 술은 좋지 않다고 하지만 이는 절대적인 낭설이다. 섞어 마시는 술이 유독 좋지 않았다면(더 빨리 취한다거나, 숙취가 더 심하다거나) 수백 가지가 넘는 맥주 베이스 칵테일, 예를 들어 아이리쉬 밤(기네스 흑맥주+베일리스 샷), 보일러 메이커(맥주+위스키 샷) 등은 세상에 태어나지 못했을 것이다.

곰표 맥주의 마일드함이 아쉬운 드링커들을 위해 곰표 맥주에서 후에 출시한 썸머에일을 추천하고 싶다. 오리지널 곰표 맥주 1세대만큼의 스타덤을 누리지는 못했지만 맛은 오리지널 곰표에 크게 뒤지지 않는다. 썸머에일은 쓴맛(홉향)이 비교적 강하고 과일향이 덜하다. 에일이라기보다는 라거에 가까운 청량함을 지녀서 다른 종류의 술과 함께 마시거나 체이서로 마시기보다는 "한 놈만 패고 싶을 때"(영화 〈주유소 습격사건〉의 무대뽀 대사) 더 빛을 발할 맥주다. 혹은 앞서 언급한 내용을 활용해서 썸머에일을 메인으로, 곰표 오리지널을 체이서로 경험해보는 것도 나쁘지 않을 듯하다.

제3화

블루문

[제조사: 블루문 브루잉 컴퍼니, 종류: 벨지언 화이트, 도수: 5.4%]

블루문과 나의 유학생활, 그리고 〈긴 이별〉

2001년에 미국으로 유학을 떠났다. IMF를 넘긴 지 얼마 되지 않은 시기였고 환율이 살인적이었던 때라 당시에 주변 사람들은 내가 부잣집 딸인지 몰랐다며 비꼬고는 했다. 물론 현실은 그렇지 않았다. 어쩌다 한국에 있는 4년제 대학에 갔지만 영화에 점점 더 빠져들기 시작하면서 내가 전공하던 독일어는 누군가가 읊조리는 의성어 정도로밖에 들리지 않기 시작했다. 필름 스쿨에 가야만 했다. 미국에 있는 그럴듯한 필름 스쿨에 가고 싶었고 무엇보다 할리우드에 정착하고 싶었다. 당시만 해도 할리우드에서 어떤 일을 하며 지내고 싶은지까지는 떠올리지 못했던 것 같다. 그저 20세기 폭스 같은 메이저 영화사에서 일을 하고 싶다는 생각 말고는…… 결국 반대하던 아버지 몰래 큰아버지와 공작(?)하여 얻어낸 500만 원을 들고 시카고로 떠났다. 물론, 영화의 주인공처럼 부푼 꿈과 수트케이스만 달랑 들고 목적지 없이 떠난 건 아니다. 한국에서 다니던 대학교의 교환학생으로 두 달 동안 시카고 소재의 노스파크대학에 머무는 프로그램에 섞여 한국을 탈출할 수 있었다. 문제는 그 이후였다. 돌아갈 생각이 없었으니 어떻게 해서든 일자리를 마련해야만 했다. 결국 수소문 끝에 한국인이 운영하는 호프집에 아르바이트 자리를 구할 수 있었다. 그렇게 내가 일과 학교를 병행하는 것을 1년간 지켜본 아버지는 결국 나의 유학을 허락했다.

그렇게 미국에 10년 이상을 거주했다. 학사와 석사, 박사까지 마치는 데 걸린 시간이다. 물론 어느 시점 이후로는 부모로부터 자립해야 했지만 미국에서의 생활은 대체로 즐거웠다. 일상의 8할은 영화였다. 수업시간에 영화를 보고 나면 집에 와서 같은 영화를 다시 보거나, 같은 감독의 다른 영화를 보며 영화 정키(Junkie, 중독자)가 되어가는 내가 만족스러웠다. 박사과정 중에는 하루에 거의 2~3편의 영화를 보았는데 상당수가 클래식 영화였다. 그중 할리우드 고전 누아르는 내가 특별히 애정하는 장르다. 빌리 와일더의 〈이중배상〉(1944)은 얼마나 많이 봤는지 지나가는 금발머리 여자만 봐도 주인공을 연기한 바바라 스탠윅으로 보일 정도였다.

참으로 긴 서두를 늘어놓았지만, '블루문'은 영화 중독자로 하루하루를 살아가던 이 시기에 만난 맥주다. 미국 마트에서 흔히 볼 수 있는 맥주이기는 하나 술을 그다지 즐기지 않았던 나는 박사과정에 입문하고 나서야 다양한 맥주를 접해보게 되었고, 오랜 우회 끝에 블루문에 안착했다. 처음엔 로맨틱한 이름과 눈에 띄는 푸른색 라벨에 끌렸지만 무엇보다도 오렌지향과 씁쓸한 홉이 적당히 버무려진 그 맛은 과연 밀맥주 중에서도 탁월한 수준이었다. 고전영화를 보거나 좋아하는 영화를 반복해서 볼 때 늘 블루문을 꺼내 마셨다. 누군가는 영화를 보며 와인을 즐겨 마신다고도 하지만 나 같은 경우 와인을 마시게 되면 금방 취해버려서 영화의 후반을 따라가기가 힘들다. 귤향이 진하고, (일반적인 밀맥주에 비해) 쓴맛이 도드라지는 블루문은 고전영화가 주는 노스탤지어를 즐기기에 너무나도 적절한 페어링이었다. 또한 알코올 도수도 그다지 높지 않아서 100분짜리 영화 한 편을 보는 동안 두 병을 마셔도 적당한 흥분과 필요한 만큼의 집중력을 유지할 수 있었다.

2014년에 귀국했을 때도 영화를 볼 때면 늘 블루문을 찾고는 했다. 술에 있어서는 선택지가 워낙 다양한 한국이다보니 잠시 소홀했던 적도 있기는 하지만 편의점 행사가 나에게는 영화를 더 보라는 계시처럼 느껴졌다. 왠지 유학생 시절이 그리운 날에는 냉장고 가득 블루문을 쟁여놓고 즐겨 보던 영화인 또다른 누아르 고전, 〈긴 이별〉(로버트 알트만, 1973)을 꺼내보고는 했다. 레이먼드 챈들러의 원작이 나온 지 거의 20년이 지나 영화화된 〈긴 이별〉은 원

로버트 알트만 버전의 〈긴 이별〉 포스터

작과 많은 지점이 다르다. 영화의 배경은 소설의 1950년대가 아닌 1970년대의 LA로 바뀌었고, 필립 말로우도 기존의 염세적이고 우울한 캐릭터에서 까칠하지만 유머러스한 캐릭터로 변모한다.

물론 많은 영화들이 각각의 이유로 그렇겠으나 〈긴 이별〉은 맥주와 함께하기 정말 좋은 영화다. 도입부부터 휘몰아치는 여러가지 사건들을 따라가기가 쉽지 않아 적지 않은 에너지가 필요하기 때문이다. 영화는 '말로우(엘리엇 굴드)'의 오랜 친구, '레녹스(짐 부튼)'의 갑작스러운 방문으로부터 시작된다. 머지 않아 말로우는 레녹스의 아내가 살해되었다는 소식을 듣게 되고, 용의자였던 레녹스는 자살한다. 사건이 하나씩 터질 때마다 한 모금씩 맥주를 넘기고 있노라면 어느새 필립 말로우의 눈앞에는 또다른 의문의 고객, '아일린 웨이드(니나 반 팰런트)'가 나타난다. 아일린은 실종된 남편을 찾아달라는 별개의 의뢰를 들고 왔지만 그녀의 사건은 레녹스 부부와 왠지 연관되어 있는 듯하다. 말로의 원초적 수사능력이 발현되는 순간이다.

레이먼드 챈들러의 작품은 엄청나게 복잡한 인물관계를 몇 차례의 반전에 걸쳐 밝혀낸다는 특징이 있다. 따라서 그의 소설, 혹은 그의 소설을 기반한 영화들을 볼 때는 부단한 지구력이 필수다(맥주는 결정적인 도움이 된다). 그럼에도 불구하고 〈긴 이별〉을 포함한 챈들러 원작 영화들이 뛰어난 누아르영화의 반열에 오른 이유는 바로 인물 서술이다. 챈들러는 인물을 서술할 때 몇 페이지를 할애해 디테일을 강조하는데, 때로는 말로우가 담배를 피우는 한 동작을 두 페이지에 걸쳐 서술하기도 한다. 이러한 디테일한 서술은 인

엘리엇 굴드가 연기한 〈긴 이별〉의 필립 말로우, 출처 IMDB

물의 소개로만 끝나는 것이 아니라 인물의 행동 동기나 사건의 실마리로 연결된다. 영화적 맥락에서는 클로즈업이나 롱테이크, 혹은 프레이밍 등을 통해 인물과 그의 액션에 의미가 부여된다고 할 수 있을 것이다.

로버트 알트만 버전의 〈긴 이별〉은 아마도 가장 흥미로운 레이먼드 챈들러의 각색이 아닐까 싶다. 챈들러의 말로우가 늘 혼자이거나 외톨이였다면, 알트만의 말로우는 사교적이다. 책 속 말로우가 쓸쓸한 정물화처럼 서술되었다면, 영화에서는 70년대 히피들이 점령한 LA의 에너지를 머금고, 늘 무리 속에 있는 발랄한 말로우로 재탄생한다. 원작에서도, 영화에서도 말로우는 지독한 골초지만 영화 속 말로우의 담배는 원작에서처럼 사색의 수단이라기보다 과시와 유희의 수단이다.

가장 이상적인 '감상 가이드'라면 챈들러의 원작을 읽고 나서 알트먼 버전의 〈긴 이별〉을 보는 것이다. 물론 그 과정이 지난하다고 느껴진다면 영화만 봐도 좋다. 다만 앞서 언급한 방법을 추천하고 싶다. 영화에서 새로운 인물과 사건이 등장할 때마다 블루문을 한 모금씩 마시는 것이다. 아마 사건의 미스터리가 모두 풀렸을 때쯤, 기분 좋게 취해 있을 수 있을 것이다.

제4화
아사히 수퍼 드라이
(제조사: 아사히, 종류: 라거, 도수: 5%)

맥주로 잠식당한
나의 도쿄 출장기

일본 여행을 매달 한 번 이상 가던 시절이 있었다. 석사를 마치고 박사과정에 들어가기 전 잠시 일을 하던 시기였는데, 당시 우연히 방문한 이 나라에 완전히 매료당했다. 정확히 말하면 일본 전역이 아니라 도쿄를 집중적으로 다녔다. 어느 동네를 가도 엔도르핀이 피부를 뜯고 터져나올 것 같은 희열을 느꼈다. 형형색색의 가게들, 아침마다 거리를 채우는 빵냄새, 밤마다 만개하는 네온사인 등…… 도쿄를 정의하는 모든 요소, 도시의 후미진 한 뼘 한 뼘까지 모두 사랑했다. 놀라운 것은 당시에는 술을 마시지 않았을 때라 도쿄에 가서도 맥주 한 잔을 제대로 마셔본 적이 없다는 사실이다. 도쿄에 단골 이자카야가 생기고, 다양한 종류의 사케와 맥주를 즐기게 된 건 영화일을 시작하고 도쿄로 출장을 다니면서부터다.

2018년 12월, 니혼대학교 영화과에서 주최하는 재일조선인영화제에 참여하게 되었다. 재일조선인을 주제로 하거나, 재일조선인 캐릭터가 등장하는 영화를 묶어 상영하는 행사였다. 정말 오랜만에 방문하는 도쿄였다. 이 행사로 도쿄에 나흘 동안 머물 기회가 생긴 것인데 오랜만에 재회하는 도쿄라서 공식 일정보다 더 길게 일정을 잡았다. 사실 영화제보다 그 사이사이 누비고 다닐 도쿄의 골목들이 날 더 설레게 했다. 첫날은 늦게 도착한 터라 호텔방에서 저녁을 해결했다. 일본 여행의 백미 중 하나는 편의점 쇼핑이 아닌가. 이것저것 간식과 '아사히 수퍼 드라이' 세 캔을 사서 침대 위에 펼쳐놓고 만찬의 구색을 맞췄다. 사실 일본 맥주를 마실 때 기린이든 아사히든 에비수든 딱히 가려 마시지는 않는다. 일본 맥주는 대부분 라거라서 라거의 팬이 아닌 나로서는 어떤 맥주를 마셔도 맛이 비슷하기 때문이다. 다만 왠지 아사히가 더 '본토'스럽다는 생각이 들어 일본 여행을 오면 망설임 없이 아사히 수퍼 드라이를 집어든다. 아사히 수퍼 드라이의 특징은 튀지 않는 고소함이다. 내가 좋아하는 밀맥주에서 위트향과 단맛을 완전히 빼고(아사히 캔에 '카라구치[辛口]'-쓴맛-라고 써 있는 것도 그 때문이다), 담백한 맛과 맥주 특유의 약간의 쓴맛만 남겨놓으면 아사히 수퍼 드라이가 되지 않을까 싶다. 또하나의 특징은 탄산이 많아 온도에 따라 맛과 텍스처가 많이 달라진다는 것이다. 물론 차가울수록 청량감이 좋다. 쉽게 말해 아사히 수퍼 드라이는 맥주의 가장 특징적인 맛을 가장 보편적인 레벨로 규격화시켜서 어떤 음식이든 잘 어울리게 만든 뛰어난 식품이다.

첫날 저녁을 편의점 만찬으로 그럭저럭 해결하고 두번째 날에는 드디어 온몸으로 도쿄를 머금을 자유시간이 생겼다. 신중하게 고른 도쿄에서의 첫 끼는 소바였다. 묵고 있던 호텔 옆에 꽤 오래된 소바야(そばや, 소바가게)가 있었는데, 늘 기다리는 줄이 길었다. 점심 피크를 넘겨서 한가한 시간에 도착한 이곳에서 소바와 아사히 생맥주를 주문했다. 한국에서 평양냉면과 소주가 낮술 고수들의 단골 메뉴라면 일본에서는 소바와 니혼슈가 그렇다. 한국에서는 소바와 술을 곁들이지 않지만 일본에서는 소바에 술을 곁들이는 것이 꽤 흔한 풍경이다. 나도 레이슈(차가운 정종)를 주문하고 싶은 마음이 굴뚝같았으나 결국 오후 일정을 위해 생맥주로 마음을 달랬다. 덴푸라 몇 개가 딸려나오는 소바 정식과 시원한 생맥주는 그야말로 천상의 조합이었다. 튀김 한 입, 맥주 한 모금, 소바 한 입을 무한 반복하고 나니 온몸이 나른해졌다. 다시 호텔로 들어가서 낮잠을 자고 싶은 마음이 굴뚝 같았으나 그후의 자괴감을 감당할 수 있을 것 같지가 않아 결국 이날의 목적지인 칸다(神田)로 향했다. 고서점 거리로 유명한 칸다는 도쿄에 갈 때마다 꼭 들르는 나의 필수 코스 중 하나다. 몇 세기 전에 쓰인 고서부터 영어로 된 중고 서적, 그리

고 키치함으로 무장한 옛날 패션지까지. 칸다에 가면 시간의 흐름을 망각하게 된다(실제로 칸다에 있다가 비행기를 놓친 적도 있다). 나는 주로 영어로 된 중고 서적을 타깃으로 하는데, 그 수가 많지는 않아도 꽤 귀한 것들이 숨어 있다.

그렇게 한나절 동안 종이냄새를 맡고 나니 진한 커피가 간절해졌다. 칸다의 고서점 거리에는 오래된 킷사텐[喫茶店]이 즐비하다. 킷사텐은 에스프레소 베이스의 신식 카페가 아닌, 드립커피 위주의 전통적인 커피숍을 말한다. 내가 킷사텐을 특히나 좋아하는 것은 커피도 커피지만 오래된 경양식집 스타일의 촌스러움과 음식 메뉴 때문이다. 대부분의 킷사텐은 샌드위치나 하이라이스 같은 간단한 음식과 주류를 갖추고 있다. 공수한 책을 들여다보고 싶기도 해서 가까운 킷사텐에 들어갔다. 이번 여행에서는 마를렌 디트리히의 영화 속 의상을 모은 사진집을 구했는데 얼마나 포장을 예쁘고 정성스럽게 해줬는지 당장 포장지를 뜯어서 열어볼 수 있을 것 같지가 않았다. 결국 그 자리에서 책을 보는 것은 포기하고 이른 저녁이나 먹자 싶어서 커피와 맥주, 그리고 하이라이스를 주문했다.

역시 이 가게에서도 맥주는 아사히가 나왔다. 유독 맥주 소비량이 많은 일본에서도 시장 점유율 1위라고 하니 국민 맥주임은 분명하다. 꽤 긴 시간을 걸었던 터라 오랜만에(?!) 마시는 맥주는 그야말로 구세주의 맛(?)이 났다. 일본에 도착한 이후로 이틀 내내 아사히

아사히와 곁들인 안줏거리들, 소바와 하이라이스

맥주를 마시고 있음에도 장소에 따라, 먹는 음식에 따라 모두 다른 맛이 났다. 킷사텐의 하이라이스는 너무 짜서 훌륭하다고 할 수 없었지만 적당한 온도에 거품이 가득한 맥주는 허기와 피로를 풀기에 충분했다.

호텔로 돌아오는 길에 편의점에 들러 아사히 캔맥주와 안줏거리를 샀다. 다음날은 오즈 야스지로 전시에 갈 예정이라 그의 영화 중 한 편을 볼 생각이었다. 내가 선택한 영화는 〈꽁치의 맛〉(1962)이었다. 일본에서 일본 맥주와 곁들이기에 완벽한 영화다. 〈꽁치의 맛〉은 일본 영화산업이 텔레비전의 부상으로 하향세를 그릴 즈음 오즈 야스지로와 노다 코고 콤비가 만든 마지막 작품이자 오즈의 유작이다. 오즈가 본인의 장기로 돌아간 가족 이야기이기도 하다. 영화의 주요인물은 아버지와 딸이다. 딸 미치코와 함께 살고 있는

오즈 야스지로의 유작, 〈꽁치의 맛〉 포스터

히라야마는 친한 친구로부터 딸을 결혼시키라는 종용을 듣지만 자신의 눈에 비친 딸은 어리기만 하다. 이후 중학교 은사와 친구들과 술자리를 가진 히라야마는 완전히 취해버린 은사를 집까지 배웅하기 위해 은사의 집을 방문했다가, 그 옛날 아름다웠던 은사의 딸이 결혼도 하지 않은 채 아버지를 걱정하며 늙고 초췌하게 변해버린 모습을 보고 딸을 떠올리게 된다.

히라야마는 결국 미치코를 친구들이 추천하는 청년과 결혼시키기로 결심한다.

도쿄를 배경으로 한 〈꽁치의 맛〉에는 유독 술을 마시는 장면이 많이 나온다. 이 장면들의 배경은 오즈가 선호하는 실내의 다다미 위가 아니라 대부분 술집들이 즐비한 (아마도 긴자) 뒷골목의 이자카야나 바(Bar)다. 형형색색의 술집 간판과 좁은 골목을 오가는 주객들을 바라보는 카메라의 시선은 오즈 특유의 고요한 '다다미 샷'

과는 반대로 설렘과 동요가 느껴진다. 아마도 당시 60세를 맞은 오즈는 집안을 벗어나 에너지와 생기가 넘치는 도시의 곳곳을 탐험하고 싶었는지도 모르겠다. 나 또한 영화에서 히라야마가 방문했던 바를 차례로 탐험하는, 설레는 상상을 하며 잠을 청했다. 다시금 영화를 핑계로 술과 동행할 도쿄 출장이 예약된 셈이다.

제5화

기네스 드래프트
[제조사: 기네스, 종류: 스타우트, 도수: 4.4%]

기네스와
로저 이버트

일리노이대학교의 박사과정을 밟을 당시 연구 조교를 한 적이 있다. 당시 학교에서는 일리노이대학 출신의 영화평론가, 로저 이버트(Roger Ebert, 1942~2013)가 주최하는 이버트페스트(Ebertfest, 로저 이버트영화제)를 매년 함께 진행하고 있었다. 연구 조교였던 나는 행사가 열릴 때마다 영화제의 '땜빵 용역'으로 쓰이고는 했다. 샴페인이라는 작은 도시에서 열리는 이 영화제를 나는 유독 사랑했다. 영화평론가로서는 거의 전설이라고 할 수 있을 로저 이버트를 실제로 만나는 기회였기도 했고 그가 큐레이션하는 영화들은 모두가 추앙하거나, 언젠가 봐야 하는 영화였기 때문이다. 또한 백미는 이 작은 촌구석에 스파이크 리나 올리버 스톤 같은 거장들이 찾아오는 광경이었다(극장 화장실에서 마주친 브리 라슨이 내 스커트가 예쁘다며 칭

이버트페스트가 열리는 버지니아극장, 출처 일리노이대학 신문 Illinois News Bureau

찬을 해주기도 했다). 마침내 박사과정을 마치고 5년 차가 된 2014년, 또다시 영화제가 열렸다. 그해에는 용역으로 일하지 않아도 되었기에 오롯이 영화들을 보러 참석했다. 후두암을 오래 앓던 이버트가 전년도에 별세한 후였지만 영화제는 예년과 다름없이 진행되었다. 오히려 더 많은 관객들이 몰렸고 그들은 이버트의 아내인 쉐즈 이버트에게 조의를 표했다. 나 또한 이버트가 사인해준 전년도 프로그램북을 들고 가서 그를 추억했다.

그해 이버트페스트에서 내가 가장 기대했던 작품은 〈지옥의 묵시록 리덕스〉(프랜시스 포드 코폴라, 2001)였다. 〈지옥의 묵시록〉에

49분이 더해진 감독판이라고 생각하면 된다. 〈지옥의 묵시록〉은 베트남전쟁을 배경으로 한 영화다. 이야기는 미군 공수부대 소속 '윌러드 대위(마틴 쉰)'가 '커츠 대령(말런 브랜도)'을 암살하는 임무를 받으면서 시작된다. 비밀에 싸인 금지구역인 캄보디아를 향해 험난한 여정을 떠난 그는 서로 죽고 죽이는 상황에 점차 피폐해져간다. 마침내 커츠 대령의 은신처에 도착한 윌러드 대위는 상상을 초월하는 충격적인 공포와 마주하게 된다.

〈지옥의 묵시록 리덕스〉 오리지널 포스터

러닝타임이 3시간 22분에 육박하는 이 작품을 보기 위해서 상영 전에 펍에 들러 저녁을 해결하기로 했다. 엄청난 집중력과 지구력을 요할 것이 분명한 작품이었기 때문이다. 쇼킹할 정도의 고칼로리 음식에 든든한 흑맥주로 배를 채우고 들어가는 것이 현명한 준비일 듯했다. 결국 영화제가 열리는 버지니아극장에서 멀지 않은 곳에 위치한 '더블린 오닐스(Dublin O'Neil's Irish Pub)'로 향했다. 오닐스는 내가 이버트페스트가 열릴 때마다 끼니를 해결하는 곳이다. 펍에 입성하자마자 자신 있게 '기네스 드래프트'를 외쳤다. 탕약처럼 검은 맥주에 캐러멜빛 고운 거품이 살포시 얹어진 기네스는 마치 세속의 것이 아닌 듯 성스럽게 보였다. 가장 먼저 거품만으로 한 모금을 마시는데 (기네스 드링커들에게는 거품의 퀄리티가 매우 중요하다) 프라푸치노의 휘핑크림을 머금은 듯 부드럽고 묵직했다. 결국 함께 시킨 셰퍼드 파이*를 기다리는 동안 기네스 파인트 한 잔을 깨끗이 비우고 한 잔을 더 주문했다.

그렇게 기네스 석 잔을 연거푸 마시고 나서야 극장으로 향했다. 기네스의 훌륭한 포만감에 셰퍼드 파이는 어떤 맛이었는지 기억도 나지 않는다. 파인트 석 잔만으로도 프랜시스 포드 코폴라의 대작을 스크린으로 마주할 만한 전투력이 충분했다. 사실 〈지옥의 묵시록〉 일반판조차 극장 스크린으로 본 적이 없는 상태에서 리덕스를 극장에서 본다는 건 엄청난 행운이었다. 예상했던 대로 영화는 경이로웠다. 리덕스는 전반적으로 편집을 달리했으며 오리지널 영화에는 없었던 프랑스인 플랜테이션 농장주들이 등장하고, 말런 브랜

---

* Shepard's Pie. 양고기와 감자, 당근 등을 넣고 만든 스튜를 파이 속에 넣은 요리다. 스코틀랜드에서 유래했는데, 주중에 쓰고 남은 고기로 일요일에 파이를 만들어 먹는 것이 전통이 되었다고 한다.

도가 연기한 커츠 대령의 미스터리가 더해진다. 〈지옥의 묵시록 리덕스〉는 이제껏 나왔던 베트남전쟁영화들이 예고편으로밖에 느껴지지 않을 정도로 압도적인 작품이었다. 로저 이버트는 이 영화가 베트남전쟁에 대해 미국인 모두가 가지고 있는 감정에 대한 거울인 동시에 (베트남전을 다루는) 할리우드의 비겁함을 비웃는 작품이라고 언급했다. 역시 통렬한 이버트의 평에 또 한번 공감하지 않을 수 없었다.

이버트페스트가 끝나고 며칠 지나지 않아 나는 구술시험을 통과해 바로 한국으로 귀국했다. 집에 도착해 짐을 풀면서 프로그램북을 다시금 마주하게 되었다. 그야말로 만감이 교차했다. 로저 이버트는 나에게 '영화평론가'라는 직업을 알려준 존재였고, 펜 한 자루로 세상이 어떻게 바뀔 수 있는지 증명한 저널리스트이자, 좋은 문장은 어떻게 쓰는 것인지 가르쳐준 당대의 명필이었다. 무엇보다 호흡기와 휠체어에 전신을 의지하고도 늘 영화제의 맨 뒷자리에 앉아 영화와 관객을 살피는, 내가 아는 가장 헌신적인 시네필이었다. 영화와 영화 사이를 맛있는 기네스 한 잔으로 기다리는 방법을 발견하게 해준 '학교 선배'이기도 했다.

짐을 다 풀고 나서 편의점에 가서 기네스 맥주를 사왔다. 캔으로 된 기네스에는 탁구공 사이즈의 플라스틱 공 같은 것이 들어 있는데, 이 물체(?)가 기네스 특유의 부드러운 거품을 만들어낸다고 한다. 집에 있던 전용 잔에 기네스를 따라서 이버트의 사인이 적힌 프로그램북 옆에 놓았다. 2013년, 마지막으로 영화제에 왔던 이버트의 모습을 떠올리며 기네스를 마셨다. 그를 향한 나만의 추모 의식이었다. 지금도 기네스를 마시거나 편의점에 비치된 캔 기네스를 볼 때면 로저 이버트가 생각난다. 쌉쌀하지만 흑맥주로서 옳은 맛만을 보여주는 기네스는 이버트의 영화평과 많이 닮았다. 그도 기네스를 좋아했을 것이다.

제6화

금강산 골든에일

[제조사: 문베어 브루잉, 종류: 에일, 도수: 4.6%]

맥주와 일본 드라마 이야기
featuring 〈짐승이 될 수 없는 우리〉

아마도 나를 일본 드라마의 세계로 인도한 건 〈심야식당〉이었을 것이다. 미국에서 박사과정을 시작할 때였고, 첫 겨울방학이었다. 내가 있던 일리노이주의 샴페인은 워낙 시골이라서 유학생들도, 미국 학생들도 방학이 시작되자마자 전쟁이 난 것처럼 각자의 도시로 떠난다. 내가 살던 아파트의 이웃 역시 모두 떠나버렸지만 나는 샴페인의 첫겨울을 놓치고 싶지 않아 남기로 했다.

방학이 일주일도 채 지나지 않아 내가 한 선택이 얼마나 무시무시하고 바보스러운 일인지 깨닫게 되었다. 거의 매일 눈이 오는데다가 아침부터 저녁까지 사람의 인기척을 들을 수 없었다. 바람이 세게 불어 창문이 덜컹이는 소리가 멈추지 않는 밤이면 그야말로 귀곡산장을 4D로 체험하는 듯했다. 잠이 오지 않는 밤에 몰두할 만한 것이 필요했다. 그러다 찾아낸 것이 바로 〈심야식당〉이다. 〈심야식당〉은 자정부터 문을 여는 식당에 찾아오는 손님들과 그들이 주문하는 음식에 관한 에피소드로 구성된 옴니버스 형식의 드라마다. 밤마다 〈심야식당〉에서 소개해주는 먹음직스러운 음식과 술의 메들리로 2009년 샴페인에서의 첫겨울을 견딜 수 있었다. 아베 야로의 동명 만화를 영상화한 〈심야식당〉은 2009년 TBS에서 제작되기 시작해 최근까지도 넷플릭스에서 인기를 끌었다.

나의 일드 사랑은 십 년 넘게 이어지고 있다. 늦은 밤, 잠이 오지 않지만 더이상 영화를 볼 에너지가 없을 때 알캉달캉한 일본 드라마는 최고의 위안이다. 그중에서도 최근 발견한 일본 드라마, 〈짐승이 될 수 없는 우리〉(2018년 NTV 방영)는 십 년 동안 쌓아온 나의 일드 목록 맨 윗줄에 두고 싶은 수작이다. 〈짐승이 될 수 없는 우리〉는 동네 술집에서 만난 아키라와 코세이가 술친구에서 연인으로 서서히 발전하는 과정을 보여주는 멜로드라마다. 일본을 대표하는 두 배우, 아라가키 유이와 마츠다 류헤이가 주연을 맡았다. 이야기의 구성과 배우의 연기가 모두 출중한 드라마지만 유독 이 드라마에 더 끌렸던 것은 캐릭터들이 만나고 이야기를 나누는 배경이 '파이브 탭(5 Tap)'이라고 불리는 수제 맥줏집이기 때문이다. 이곳에서는 1번부터 5번까지 매일 다른 종류의 수제 맥주 다섯 가지만을 판매한다. 주인공 아키라는 맥주를 종류가 아닌 숫자로 주문하

〈짐승이 될 수 없는 우리〉 포스터

는데, 대부분 1번부터 시작한다. 번호를 불러주면 사장인 사이토가 맥주를 내오며 그제서야 브루어리의 이름과 함께 맥주의 종류를 말해준다. 일종의 '블라인드 주문'인 셈인데 꽤 재미있어 보이는 방식이다.

파이브 탭에서 소개되는 수제 맥주들은 실제 맥주 전문가에 의해 엄선된 라인업으로, 일본에서 유통되는 로컬 브루어리의 수제 맥주들이다. 드라마를 보며 일본에도 많은 브루어리가 존재한다는 사실에 놀랐다. 일본 맥주는 메이저 3사인 아사히와 기린, 삿포로가 지배적이라 일본에 가서도 수제 맥주는 거의 찾아보기 힘들었기 때문이다. 〈짐승이 될 수 없는 우리〉에 등장하는 수많은 브루어리는 맥주를 사랑하는 이들에게 꽤 유용한 정보가 될 듯하다.

맥주에 더해 이 드라마에 빠질 수밖에 없었던 또다른 이유는 바로 대사다. 일반적으로 일본 드라마는 과장된 설정과 비현실적인 대사 때문에 드라마 팬들 사이에서도 호불호가 갈리는 경우가 많다. 〈짐승이 될 수 없는 우리〉는 일본 드라마 특유의 판타지스러운 캐릭터나 대사 대신 지

맥주 커플, 아키라와 코세이

극히 일상적이지만 마음을 훑고 지나가는 주옥같은 대사들이 빼곡하다. 가령 드라마의 1화에서 아키라는 회사에서 상사에게 갖은 수모를 겪고 파이브 탭으로 향한다. 힘들었던 일을 맥줏집 사장 사이토에게 이야기하자, 사이토는 "맥주를 따라주는 것밖에 해줄 수 없어서 미안해"라며 아키라를 위로한다. 아키라는 맥주를 건네받으며 말한다. "그 맥주가 어지러운 마음에 스며든다니까요."

맥주를 사랑하는 사람들에게 '맥주가 어지러운 마음에 스며든다'는 표현처럼 우아하고 적확한 표현이 어디에 있을까. 아키라의 말처럼 좋은 맥주나 꼭 필요한 순간에 마시는 맥주는 간이 아니라 마음에 스미는 법이다. 암, 그렇고말고. 이 대목에서 아키라에게 '선택받은' 맥주는 '레어드'의 페일에일이다. 페일에일 특유의 향긋함과 쌉싸름함이 분명 아키라의 '어지러운 마음'을 다독였을 것이다. 1화를

보면서 나 역시 에일 맥주로 위로를 받고 싶어졌다. 평소 에일 맥주의 팬이 아닌지라 냉장고에 그득히 쟁여둔 밀맥주를 뒤로하고 편의점으로 향해야 했다. 편의점에서 내가 선택한 에일은 평소에 가장 선호하는 에일 브랜드이기도 한 문베어 브루잉의 '금강산 골든에일'이었다. 문베어 브루잉은 속초에 위치한 브루어리로, 현재 (캔으로) 판매하는 종류는 IPA, 골든에일(Golden Ale), 위트에일(Wheat Ale) 세 종류뿐이지만, 모두 출중한 맛을 내는 내실 있는 브루어리다. 브루어리 소개에 따르면 속초의 물이 미네랄 함유가 낮아서 맥주를 만들기에 가장 적합한 조건을 만든다고 한다. 아마도 문베어 맥주 특유의 청량함은 속초의 물에서 온 것이 아닐까 싶기도 하다. 금강산 골든에일은 4.6%의 낮은 도수에 비해 강한 향과 맛을 가졌다. 산뜻한 과일향과 튀지 않는 쓴맛의 밸런스가 매우 훌륭하다. 그럼에도 일반적인 에일에 비해서는 도수나 강렬함에 있어 다소 떨어지기에 에일 마니아보다는 에일을 맛보고 싶은 이들에게 매력적일 듯하다. 물론 나 같은 밀맥주 마니아에게는 더없이 만족스러운, 만만한 에일이다.

〈짐승이 될 수 없는 우리〉에는 유독 에일 맥주가 자주 등장한다. 10개의 에피소드를 완주하면서 맥주가 마시고 싶거나, 맥주로 위로받고 싶을 때면 나 역시 골든에일을 꺼내 마셨다. 사이토 상처럼 애정을 듬뿍 담아 맥주를 따라주는 사람 하나 없이 참으로 많은 맥주를 마신 셈이다. 드라마의 결말에서 아키라와 코세이는 각자의 삶에서의 딜레마를 극복하고 드디어 술친구가 아닌 연인으로 재회한다. 물론, 이들의 재회를 돕는 결정적인 존재는…… 맥주다. 서로를 바라보는 시선 사이에 자리한 두 잔의 맥주, 어쩌면 그것이 새로운 시작에 필요한 전부일지도 모르겠다.

스텔라 아르투아 [제조사: 인베브 벨기에, 종류: 라거, 도수: 5%], **클라우드** [제조사: 롯데, 종류: 라거, 도수: 5%], **테라** [제조사: 하이트진로, 종류: 라거, 도수: 5%], **맥스** [제조사: 하이트진로, 종류: 라거, 도수: 5%]

극장에서
맥주 마시기

극장에 일주일에 두세 번은 가는 편이다. 아마도 (영화에 눈을 뜬) 고등학교 2학년 이후로 계속 그랬던 것 같다. 그렇게 숱하게 많은 시간을 극장에서 보내왔지만 극장에서 영화를 볼 때만큼은 맥주를 멀리해왔다. 스크리너*가 아닌 극장에서 보는 영화는 업무상 꼭 봐야 하거나(리뷰 기사를 써야 한다든지, 방송을 해야 한다든지), 정말로 집중해서 봐야 하는 작품이기 때문이다. 그럼에도 나만의 매니페스토를 철저히 무너뜨린 영화가 있다. 바로 2018년에 개봉한 브라이언 싱어 감독의 〈보헤미안 랩소디〉다.

　〈보헤미안 랩소디〉는 프레디 머큐리의 삶을 중심으로 그룹 '퀸'의

● 영화평론가나 산업 관계자들이 극장 개봉 전에 영화를 미리 볼 수 있게 보내주는 링크다.

일대기를 다룬 영화다. 인디안 이민자 출신의 '파로크 불사라(라미 말렉)'는 공항에서 수하물 노동자로 일하며 음악가의 꿈을 키운다. 불사라는 마침 보컬을 구하던 로컬 밴드에 들어가게 되면서 '프레디 머큐리'라는 이름으로 본격적인 활동을 시작한다. 프레디는 그룹 이름을 '퀸'으로 바꾸고 앨범을 런칭한다. 새롭게 탄생한 퀸은 시대를 앞서가는 음악과 화려한 퍼포먼스로 관중을 사로잡는다. 특히 6분 동안 이어지는 음악적 실험, 〈보헤미안 랩소디〉는 이들을 글로벌 스타로 부상시킨다. 프레디는 갑자기 얻은 유명세와 부를 술과 마약에 사용하기 시작하고, 이로 인해 멤버들과 잦은 마찰을 일으

프레디와 브라이언, 〈보헤미안 랩소디〉, 출처 IMDB

키게 된다. 프레디는 결국 밴드를 떠나 솔로 데뷔를 선언한다.

영화는 개봉 당시 총 980만이 넘는 관객을 기록해서 화제가 되었다. 재미있는 사실은 이 기록에 n차 관람이 꽤 많은 비율을 차지한다는 것이다. 〈보헤미안 랩소디〉가 입소문을 타면서 극장마다 특징(사운드나 스크린 사이즈)이 다른 특별관을 순회하며 영화에서 재현되는 공연(특히 클라이맥스인 라이브에이드 공연)을 색다르게 경험하는 것이 유행이 되었다. 나 또한 메이저 극장 3사(CGV, 롯데, 메가박스)의 특별관(스타리움, 스크린 X, MX, 수퍼플렉스G 등)을 누비며 퀸의 그루피(Groopie, 극성팬) 노릇을 했다. 그렇게 총 5번의 관람을 했지만 지루했던 적은 한 번도 없다. 가장 기억에 남는 관람은 관객들이 프레디 머큐리의 시그니처인 흰색 난닝구를 입고 떼로 들어와서 (그런 건 도대체 어디서 약속을 하고 오는 건지…) 노래가 나오는 장면마다 싱어롱(Sing along, 따라 부르기)을 한 회차였다. 그 밖에 4회의 관람에서도 싱어롱이 이루어졌는데 아무래도 떼창이 기본인 영화다보니 대부분 극장 매점에서 맥주를 싣고(?) 들어와 마시며 노래를 부르는 광경이 빈번했다.

바로 이때다. 나름 씨네필을 자칭하고, 평론가라는 직함을 내세워 극장에서 영화를 볼 때는 아무것도 마시거나 먹지 않는다는 값싼 시건방을 버린 것이. CGV에서는 맥스(당시 CGV 매점 판매 기준. 현재는 테라를 판매한다)를, 메가박스에서는 스텔라 아르투아를, 롯데

시네마에서는 클라우드를 원없이 마시며 〈보헤미안 랩소디〉와 〈위 아 더 챔피언스〉를 불렀다. 동대문 메가박스 상영 때는 첫 관람이라 그런지 너무 많은 맥주를 마신 나머지 집에 택시를 타고 와야 했던 적도 있었음을 고백한다……(굳이???) 그만큼 〈보헤미안 랩소디〉는 강렬했다. 콘서트장이 아닌 극장에서 스스럼없이 일어나 노래를 부르게 하고, 20년 넘게 고상하게 지켜왔던 나름의 룰을 개뼉다구 던지듯 저버리게 만들었으며, 볼 때마다 색다른 경험을 했음을 뿌듯하게 한 종교 같은 영화이자 노래였다.

2018년 〈보헤미안 랩소디〉가 한국 극장가를 강타한 이후, 내 일상에도 큰 변화가 생겼다. 무슨 영화든, 어떤 목적에서든 (언론 배급 시사든, 그냥 관람이든) 맥주를 원할 때면 언제든 당당하고 뻔뻔하게 (물론 매점에서 파는 종류다) 극장에서 맥주를 마실 수 있게 된 것이다. 지난 4년간 경험한 바로는 극장에서의 맥주는 두 가지 경우에 매우 유용하다. 첫번째, 세 시간이 넘는 슈퍼히어로영화를 견뎌(?)야 할 때 특히 빛을 발한다. 스토리가 그다지 흥미롭지 않은 상태에서 사운드와 이미지의 과잉, 무엇보다 베네딕트 컴버배치 같은 멀쩡한 배우들의 광대쇼를 목도하는 것은 멀쩡한 정신으로는 큰 곤욕이다. 두번째는 역시 음악영화를 볼 때다. 특히 아는 노래가 많이 나오는 음악영화일수록 맥주는 훌륭한 부스터가 된다. 최근에 개봉한 〈엘비스〉(2022)는 그런 의미에서 맥주와 동행하기에 최고의 작품이었다. 그동안 제작된 여타 엘비스 전기영화와 다른 점은 역시 바즈 루어만이 빚어내는 화려한 스펙터클이다. 앞선 영화들이 배우가 보여주는 캐릭터 스터디에 집중했다면, 이 작품은 엘비스의 음악뿐만 아니라 그가 영감을 받은 다양한 종류의 흑인음악이 영화의 공동 주연이다. 엘비스를 중심으로 흑인음악을 집대성했다고 봐도 무리가 없을 정도로 이번 영화는 들을거리가 풍성하다. 따라서 1940년대 멤피스의 빌 스트리트(Beal Street)를 경험하고 싶다면, 맥주(러닝타임이 160분이므로 1000cc 이상 권장)를 손에 쥐고 큰 스크린으로 〈엘비스〉를 보는 것을 추천하는 바이다.

코로나의 창궐 이후로 극장은 2년이 넘는 암흑기를 보냈다. 크고 작은 극장들이 운영을 중단했거나 사라졌지만 거리두기 해제 이후 극장은 꽤 만족스러운 부활기를 누리고 있는 중이다. 특히 맥주는 극장의 재기에 있어 주요한 역할을 하는 것으로 보인다. CGV는 '씨지비어'라는 단독 맥주를 런칭했고, 롯데시네마는 자사 브랜드인 '클라우드' 라운지를 운영해 주객을 모으고 있으며, 메가박스는 제주맥주와 협업하여 극장에서 수제 맥주 판매를 시작했다. 그 밖의 개인 극장이나 아트하우스 극장 역시 각자 엄선한 맥주 라인업을 선보이는 곳이 늘고 있다. 바야흐로 '영맥'의 시대다. 좋은 영화 한 편을 맛좋은 맥주와 함께하는 것만큼 성스러운 일이 어디 있겠는가. 자, 이제 모두 잔을 들고 스크린 앞으로 전진!

제8화

빅 웨이브 [제조사: 코나 브루잉, 종류:
골든에일, 도수: 4.4%]

하루키,
당신의 위대함은 어디까지란 말인가!:
〈하나레이 베이〉와 빅 웨이브

무라카미 하루키를 숭배한다. 이승의 것이 아닌 듯한 초현실적인
문장력 때문이기도 하지만 더 큰 이유는 그의 성실함이다. 나는 하
루키처럼 부지런히, 부단히도 다양한 종류와 분야의 글을 쓰는 작
가를 보지 못했다. 하루키의 대서사극도 좋지만 그의 단편이나 의
외의 것을 주제로 한 소품집을 더 좋아하는데, 최근에 그가 쓴 작
품 중에서는 『무라카미 T: 내가 사랑한 티셔츠』라는 책을 꽤 재미
있게 읽었다. 이 책은 하루키가 〈뽀빠이〉 잡지에 1년간 연재한 글을
묶은 것이다. 본인이 소장하고 있는 티셔츠에 얽힌 이야기를 짧은
단문으로 써낸 것인데, 콘셉트도 그렇지만 무엇보다 하루키의 귀여
운 '글투'가 읽는 내내 미소를 띠지 않을 수 없게 한다. 예를 들면
이런 것이다. 오랜만에 미국에 간 하루키가 세관을 빠져나오자마자

가까운 펍에 들어가 치즈버거를 주문한다. 버거가 나오기 전 '쿠어스 라이트' 한 잔을 차분하게 마신다. 그러고는 '이국의 공기를 주의 깊게 마시면서 치즈버거가 나오기를 기다린다…… 눈을 감고 정경을 떠올리기만 해도 입속에 건전한 침이 가득 고이지 않습니까.' 이 대목에서 흘러나오는 박장대소! 치즈버거를 기다리는 하루키를 상상만 해도 귀여운 마당에, 입속에 '건전한 침'이라니…… (그렇다면 음탕한 침은 언제 나오는…… 쿨럭!) 침을 가지고 이렇게 위트 있고 유머러스하며 의미심장한 표현을 할 수 있는 자가 하루키 말고 또 누가 있단 말인가.

하루키의 에세이를 읽다보면 그의 취향에 대해 많은 것을 알게 된다. 내가 주목한 것은 두 가지다. 첫째, 하루키는 맥주를 매우 좋아한다(사실 맥주뿐 아니라 모든 술을 두루 즐기는 듯하다). 그의 맥주(를 포함한 다양한 주류)를 향한 열정에 대한 책, 『하루키를 읽다가 술집으로』(조승원)를 읽다보면 하루키가 얼마나 많은 종류의 맥주에 통달했는지 깨닫게 된다. 둘째, 하루키는 서핑을 즐겼던 멋진 노인네다. 『무라카미 T』에서도 서핑을 할 때 입던 티셔츠가 몇 장이나 등장할 정도로 서핑에 몰두한 듯하다. 그의 단편, 「하나레이 베이」는 아마도 그가 서핑을 하던 시절에 착안한 주제로 쓴 것이 아닌가 싶다. 「하나레이 베이」는 하나레이 베이에서 서핑 사고로 아들을 잃은 엄마가 매년 같은 날 그곳을 방문하다가 일어나는 기이한 일들을 그린 이야기다. 나는 이 작품을 2018년에 개봉한 영화로 먼저 만나게 되었다.

마츠나가 다이시 연출의 〈하나레이 베이〉는 성공한 비즈니스 우먼, '사치(요시다 요)'를 중심으로 시작된다. 마약 중독자였던 남편의 사망 후 사치는 혼자 어렵게 아들을 보살핀다. 그럼에도 어느 순간부터 아들과는 점점 사이가 멀어지는데, 이를 만회하고 싶은 사치는 아들에게 서핑보드를 선물한다. 어느 날 하와이로

〈하나레이 베이〉 개봉 포스터,
출처 디오시네마

서핑 여행을 떠난 아들은 며칠이 지나도록 돌아오지 않는다. 사치는 하나레이 베이로 떠난 아들이 서핑중 상어의 습격으로 한 다리를 잃고 사망했다는 소식을 듣는다. 갑작스러운 비보에도 사치는 아들의 죽음에 대해 초연하기만 하다. 아들의 죽음 이후 사치의 시점으로 보이는 플래시백에서도 그녀와 아들은 늘 싸우는 중이거나 서로에 대한 혐오를 쏟아내는 것을 주저하지 않는다. 사치는 담담하게 장례를 치르고는 하루도 지나지 않아 아들의 물건을 모두 내다버린다. 경찰이 건네는 아들의 핸드 프린트도, 아들의 마지막 흔

적인 부서진 서핑 보드도 가져가지 않는다. 그럼에도 사치는 아들이 죽은 후 십 년 동안 매년 아들이 죽은 시기에 하나레이 베이를 찾는다.

하나레이 베이에서 사치가 하는 일이라고는 푸른 바다 앞에 간이의자를 펴고 앉아 해가 질 때까지 책을 읽는 것뿐이다. 어느 날 사치는 일본에서 서핑 여행을 온 두 소년과 만나게 되고, 그들과 가까워진다. 소년들은 일본으로 돌아가기 하루 전날 그녀에게 외다리 일본인 서퍼를 본 적이 있는지 묻는다. 그들이 읊조리는 서퍼의 인상착의는 사치의 아들과 일치한다. 한 번도 아들의 죽음을 슬퍼하지 않았던 사치가 바로 그 순간부터 흔들리기 시작한다. 그녀는 넋이 나간 듯 섬 곳곳을 뒤지며 아들을 찾아 헤맨다.

하루키 소설의 대다수가 영화화되었지만 그가 보유한 문장력과 이야기의 힘을 고스란히 이어받은 작품은 찾기 힘든 것이 사실이

아들을 찾아 섬을 뒤지는 사치, 출처 디오시네마

다. 그중 〈하나레이 베이〉는 소설과 같은 수준을 기대해도 좋을 하루키 영화다. 원작이 품고 있는 미묘하고도

서글픈 미스터리를 영화에서도 그대로 감지할 수 있기 때문이다. 또한 아들의 죽음을 겪지 않고 관조하고만 있는 사치(이는 그녀가 아들이 죽은 바닷가 앞에 앉아 늘 책만 읽는 것으로 표현된다)는 '애도'라는 행위에 대해서 깊이 생각해보게 한다. 나와 가까운 사람이 죽는다면, 그 죽음을 반드시 애도해야 하는가.

영화는 '죽음'과 '관계'에 있어 꽤 심오한 질문을 던져주지만 그렇다고 해서 이 영화를 스피노자식으로 마주할 필요는 없다(고 하루키는 말할 것이다). 아마도 하루키는 독자(혹은 관객)들이 그가 그러듯 무언가 즐길 만한 것을 손에 쥐거나 입에 머금고 작품을 즐기기를 바랄 것이다. 그렇다면 이 영화를 하루키식으로 즐기는 가장 좋은 방법은 무엇일까? 바로 서퍼들을 위한 맥주, '빅 웨이브'를 마시는 것이다.

하와이에 위치한 '코나 브루잉'에서 만든 빅 웨이브는 하와이의 서퍼들을 타깃으로 만든 맥주라고 한다. 서핑 중간에 마시는 맥주인 만큼 도수가 낮고 탄산이 많아 청량하다. 빅 웨이브는 사실 이 영화가 아니더라도 내가 자주 찾는 맥주다. 알코올 함량이 낮은 반면 향긋한 과일향은 진한 편이라 온도만 차게 해서 마시면 훌륭한 여름 음료가 되기 때문이다. 빅 웨이브의 청량함에 매료될 즈음, 우리는 '외다리 서퍼'의 정체가 궁금해질 것이다. 그는 정말 사치의 아들인 것일까? 혹은 아들의 정령이 섬을 떠나지 못하고 맴도는 것일까? 사치가 아들을 찾아다니는 동안에도 그녀의 플래시백은 멈추지 않는다. 아직도 사치의 기억은 아들과의 지난한 싸움과 그를 향한 원망이 대부분이지만, 여정이 계속될수록 원망은 그리움으로, 그리움은 애절함으로 변모하고, 진화한다. 결국 섬 전체를 뒤졌지만 사치는 외다리 서퍼를 찾지 못한다. 그러나 그를 찾는 여정의 끝에서 그녀는 마침내 아들의 핸드 프린트를 받아온다. 그리고 십 년만에 처음으로 눈물을 쏟아낸다. 이제야 사치는 아들(의 죽음)과 마주한 것이다.

한 서퍼의 죽음으로 시작하는 〈하나레이 베이〉는 서퍼들을 향한 연가(戀歌)로 영화의 끝을 맺는다. 영화의 말미에는 서핑 보드를 자전거에 싣고 신나게 달리는 아들의 생전의 모습과 함께 이기 팝의 〈The Passenger〉가 흘러나온다. 역시 모던하고 경쾌한, 그리고 지극히 하루키스러운 애도다. 이쯤에서 다시금 소환해야 할 것이 있다. 바로 서퍼들의 넥타, 빅 웨이브다. 특정 종류의 맥주를 고집하지 않는 하루키지만 이 대목에서만큼은 그 역시 빅 웨이브에게 파인트*를 내밀 것이다. 한 컵 가득 담긴 빅 웨이브의 정경을 보는 순간 입안에 건전한 침이 가득 고이겠지.

---

* 파인트는 16oz, 즉 463ml 정도를 뜻하는 액체의 단위이기도 하고 1파인트를 담아내는 맥주잔을 일컫기도 한다.

버드와이저와 〈박봉곤 가출 사건〉: 그 모든 것의 시작

혼자 극장에 가는 일에 굉장한 용기가 필요했던 시절이 있다. 나 역시 처음에는 그랬다. 그날은 정확히 고등학교 2학년, 추석 명절 당일이었는데, 아침 여덟시 제사를 필두로 하여 상을 차리고, 먹고, 치우고, 차리고, 먹고……를 타임루프처럼 반복하는 것에 극도로 피곤해져서 혼자 극장가로 탈출을 했다. 당시 극장가라면 물론 종로3가였다. 호기롭게 도망을 나왔지만 무슨 영화를 볼지, 어디에서 볼지조차 결정을 못 한 상태였다. 추석 대목이라고 극장마다 매진 푯말이 붙어 있었고, 불안해진 나는 피카디리극장, 단성사, 서울극장 등의 매표소를 순회하며 남은 티켓을 구하기로 했다. 당시만 해도 할리우드 영화에 대한 선호도가 더 높았던 때라, 대목이라 할지라도 한국영화는 티켓을 구하기가 그나마 좀 나은 상황이었다. 결

〈박봉곤 가출 사건〉 포스터

국 간신히 티켓을 구해 보게 된 영화는 〈박봉곤 가출 사건〉(김태균, 1996)이다.

〈박봉곤 가출 사건〉은 가수의 꿈을 키웠지만 평범한 주부로 살아가는 '봉곤(심혜진)'을 중심으로 벌어지는 이야기다. 오랜 결혼생활 끝에, 봉곤의 삶은 무료하다. 남편 '희재(여균동)'의 횡포와 무시는 날이 갈수록 심해지고, 참다못한 봉곤은 결국 집을 나가버린다. 화가 난 희재는 집 나간 아내를 전문으로 찾아주는 탐정, 'X(안성기)'에게 사건을 의뢰한다. X는 이들 부부의 아들이 건네준 봉곤의 일기를 읽으면서 서서히 그녀에게 빠져든다. X는 마침내 나이트클럽에서 밤무대 가수로 살아가고 있는 봉곤을 찾아내지만 그녀를 더욱더 사랑하게 되면서 사건을 포기하는 데 이른다.

표를 구하기는 했어도 기대를 크게 하지 않았던 영화였다. 이 영화가 연출 데뷔작인 감독 '김태균'은 내게 아직 생소한 이름이었고, 코미디영화를 별로 좋아하지 않았기 때문이다. 아무튼 티켓을 구한 것을 다행으로 여기며 (상차림 사이클이 끝나지 않는 집으로는 절대 돌아가고 싶지 않았다) 극장으로 들어갔을 때 내 자리 하나만이 관객으로 가득찬 극장 정중앙 열에 비어 있는 것을 확인했다. 그 많은 사람 중에 영화를 혼자 보는 사람이 나 하나란 말인가…… 민망함과 두려움(《박봉곤 가출 사건》은 미성년자 관람 불가 영화다)을 최대한 감추고, 좁아터진 좌석 사이를 굽신거리며 들어가 좁은 자리에 몸을 구겨넣으니 영화가 시작되었다.

영화는 정말이지! 너무나도! 만족스러웠다. 캐릭터들의 대사 한 마디 한 마디에 관객들은 웃음을 쏟아냈다. 나 역시 심혜진과 안성기의 코믹 연기에 내내 감탄하며 꽤 괜찮은 한국영화를 발견한 것을 자축했다. 영화의 엔딩 크레디트가 다 올라갈 때까지 극장을 떠날 수 없었는데, 감동이 가시지 않아서……가 아니라 퇴장하는 수많은 군중을 뚫고 혼자 나가기가 뻘쭘해서였다. 결국 나는 직원들이 청소하러 들어올 때까지 자리를 지키고 있다가 상영관을 빠져나왔다. 극장을 나오니 영화 생각을 멈추고 싶지 않았다. 당시 (영화광이었던) 고등학생의 관점으로 봐도 이 영화에는 희한하면서도 독특한 매력이 있었다. 특히 슬랩스틱이 아닌 대사로 승부를 보는 한국 코미디영화가 많지 않은 상태에서 작은 소재를 재미있는 대사로 중무장해 이토록 좋은 영화를 만들었다는 사실에 적잖이 놀랐던 것 같다.

영화의 잔상을 붙잡아두고 싶어서 가까운 카페에 가기로 했다. 어차피 그 시간에 집으로 돌아가면 명절 부역이 강요될 것이 분명했으므로 카페에 가서 우아하게 커피를 마시며 〈박봉곤 가출 사건〉의 '관람 후'를 즐기는 편이 옳았다. 붐비는 카페를 피해 피카디리극장 근처의 한 지하 카페로 들어왔다. 테이블마다 소파 의자가 있었는데 얼마나 오래됐는지 앉으면 1미터는 밑으로 꺼져버렸다. 그래도 손님이 없어 조용했고 나름 클래식 음악이 나오는 고상한 카페였다.

메뉴판을 읽어내려가는데, 마치 잠복중인 듯, 한 귀퉁이에 적힌 '버드와이저'를 발견했다. 당시만 해도 중학교 2학년 생일에 친구들이 쇼킹한 선물을 한다며 사다준 버드와이저 다섯 캔 이후로 맥주는 구경도 해보지 못한 터였다. 이미 한 번의 비행을 저질렀는데(미성년자 관람 불가 영화), 두 번이 대수인가. 나는 최대한 능숙한 척하며 버드와이저를 주문했다.

당장이라도 신분(?)이 노출될까 초조해하며 기다리고 있는데, 곧 웅장한 필기체 라벨을 두른 위풍당당 버드와이저가 수북이 쌓인 새우깡을 대동하고 나타났다. 아르바이트생이 내 테이블을 향해 걸어오는 그 몇십 초 동안 얼마나 설렜는지…… 지금까지도 그만큼의 설렘은 다시 못 느껴본 것 같다. 버드와이저가 무사히 내 앞에 안착하자, 생애 첫 '혼맥' 의식을 시작했다. 물론 맥주맛을 모르고 먹는 맥주는 맛이 없었다. 맥주 한 모금에 새우깡을 한 주먹씩 털어 먹고 앉아 있으니 반 병을 채 마시지 못하고 배가 불렀다. 잠시 입을 쉬고 멀뚱멀뚱 앉아 있는데 내가 이곳에 왜 왔는지 생각이 났다. 아. 박봉곤 가출 사건.

남은 버드와이저를 홀짝거리며 영화에서 좋았던 몇몇 장면을 떠올려보기로 한다. 1. 집을 나온 봉곤이 '아라비안 나이트'에 취직해서 노래를 부르는 장면. 이 장면에서 심혜진 배우가 노란색 스팽글 드레스를 입고 〈나는 열일곱 살이에요〉를 부르는데, 그녀의 불안한 음정이 매우 매력적이다. 2. 아빠가 '임포'여서 엄마가 집을 나간 것이라는 이야기를 주워들은 아들은 여기저기 임포가 무슨 뜻인지 물어보고 다닌다. 친한 누나에게 물었더니 "임포…… 임포메이션? 정보? 아버지가 안내원 같은 거 하시니?" 하고 되묻는 장면이 있는데 임포가 무슨 뜻인지 몰랐던 나도 이 대목에서는 박장대소를 했다. 3. X가 (베드로처럼) 새벽닭이 울기 전에 봉곤에게 세 번 거짓말을 하는 장면. 이 장면은 관객들이 가장 많이 웃은 장면이기도 하다. "피아노 칠 줄 아세요?" "네." (아들의 내레이션으로 "한 번") "정말요?"

가출해서 '실비아'로 살아가는 봉곤

"네." ("두 번") "그럼 이 노래 칠 줄 아세요? 애들아 나오너라 달 따러 가자?" "네." ("세 번") 그리고 닭이 운다. 이어지는 관객들의 환호.

글을 쓰고 있는 지금 이 순간에도 장면들을 떠올리면 웃음이 난다. 〈박봉곤 가출 사건〉은 곱씹고 싶은 대사들로 가득한, 보석 같은 영화였다. 각본을 쓴 김태균 감독은 이후로도 〈화산고〉(2001) 같은 기상천외한 작품들로 커리어를 이어나갔지만, 〈박봉곤 가출 사건〉만큼의 강렬함을 나에게 주지는 못했다. 물론 그 '강렬함'이란 그날의 영화 관람을 둘러싼 모험(?)에서 온 것이기도 하다. 〈박봉곤 가출 사건〉은 내게 혼자 영화와 맥주를 즐기는 법을 알려준 영화다. 따지고 보면 내 정체성의 심장부가 이날 만들어진 셈이다. 언젠가 김태균 감독을 만나면 이날의 어드벤처에 대한 이야기를 들려주고 싶다. 그리고 버드와이저를 선물해야지.

제10화

파울라너 바이스비어

〔제조사: 파울라너, 종류: 밀맥주, 도수:
5.5%〕

파울라너와
「야한 영화의 정치학」

돌이켜 생각해보면 지금까지 밀맥주를 압도적으로 선호하는 것은 맥주를 마시지 않던 시절에도 어쩌다 마신 맥주가 모두 밀맥주였기 때문이 아닌가 싶다. 사실 맥주를 즐겨 마시기 시작한 건 5년이 채 되지 않는다. 가끔 맥주를 마신다면 주로 술집이 아니라 카페에서였다. 영화 글을 쓰기 시작했을 때였는데 좋아하는 카페들을 몇 개 정해놓고 순회하며 원고를 쓰는 일을 꽤나 좋아했다. 원고를 쓰다가 지루해지면, 종류에 상관없이 카페에서 파는 맥주를 한 잔씩 마시고는 했다. 사실 원고를 쓰면서 맥주를 마시는 것은 반칙이지만 두 잔 이상의 커피를 마신 상태에서 글이 막힐 때 맥주처럼 훌륭한 돌파구는 없다고 자신한다(한 잔을 넘기지만 않는다면).

'파울라너 바이스비어'는 이때 만난 맥주다. '바이스비어(Weisbier)'는 독일식 밀맥주를 말한다(브랜드나 브루어리에 따라 밀맥주를 '바이젠'으로 부르기도 한다). 파울라너 바이스비어는 연한 오렌지 빛을 띠는 다른 밀맥주와 달리 붉은빛을 띠고 있는 것이 특징이다. 바나나향으로 시작해서 귤향, 단향 등이 복합적으로 섞여 있고, 그에 따라 맛도 신맛과 단맛, 쓴맛을 다양하게 품고 있다. 한 모금에 다채로운 맛이 들어 있어서 오랜 글 노동으로 정신이 피폐해질 때 영감을 줄 수 있을 만한 맥주다.

내가 썼던 글 중에 카페에서 마신 파울라너 덕을 가장 많이 본 글은 오마이뉴스에 연재했던 나의 첫 칼럼, 「야한 영화의 정치학」일 것이다. 각 시대의 '야한 영화'로 치부되어온 영화들이 보여주는 성정치에 대한 글을 써보고 싶다는 생각을 늘 해오고 있었는데, 마침내 그 꿈이 이루어진 것이다. 인생의 숙원사업이었던 만큼, 나는 이 칼럼에 부단한 노력과 열정을 쏟아부었다.

원하던 주제였지만 야한 영화들로 (뉴스 매체에 어울릴 만한) 글을 써내는 것은 쉬운 일이 아니었다. 일단 영화의 수위가 높을수록 글로 표현하기가 힘들었다. 그럼에도 영화가 가지고 있는 본래의 선정적인 에너지를 감추고 싶지 않았다. 그런 의미에서 마스무라 야스조의 〈눈먼 짐승〉(1969)은 가장 많은 숙고와 다량의 파울라너가 투입된 영화다.

〈눈먼 짐승〉은 에도가와 란포●의 단편소설을 기반으로 맹인 조각가와 누드 모델의 기괴한 관계를 그린다. 인물 설정만으로도 기괴한 이 영화는 인서트로 삽입되는 나체의 흑백 사진들, 신체의 일부분을 조각한 작품들의 클로즈업으로 그로테스크함을 더한다.

〈눈먼 짐승〉의 오리지널 포스터, 출처 IMDB

'아키(미도리 마코)'는 자신이 모델을 했던 조각상을 보기 위해 갤러리로 향한다. 그곳에서 그는 한 맹인(후나코시 에이지)이 자신의 조각상을 샅샅이 만지고 느끼는 것을 목격한다. 아키는 불쾌한 기분이 들어 도망치듯 갤러리를 떠난다. 며칠이 지나고, 아키는 집으로 마사지사를 부른다. 맹인 마사지사가 아키의 집에 도착하고 마사지를 시작한다. 아키는 며칠 전 갤러리에서 봤던 맹인을 떠올리며 마사지를 중단한다. 맹인을 내보내려는

● 에도가와 란포는 일본 미스터리·추리소설계의 거장이다. 소설가이자 평론가로, 본명은 히라이 타로(平井太郎)다. 에도가와 란포라는 필명은 에드거 앨런 포Edgar Allen Poe에서 따왔다. 란포는 일본 추리소설 장르를 확립하고, 쇼와 초기 탐정소설을 유행시키는 데 크게 이바지했다. 「근대 일본 탐정소설 장르의 재정의와 에도가와 란포: 1930년대 전후, '변태'에서 '에로-그로'로의 이행에 주목하며」 한정선, 〈일본학〉, 2021, vo.35, p. 249.

맹인 조각가와 아키, 출처 IMDB

순간, 마사지사는 아키에게 마취제를 묻힌 헝겊을 씌우고 아키는 쓰러진다. 아키가 눈을 뜬 곳은 창고를 개조한 거대한 밀실이다. 조각가인 맹인은 여성의 몸을 조각하고 싶어하지만, 손으로 직접 만져야만 할 수 있는 일이기에 최근에 모델로 이름을 알리고 있던 아키를 납치한 것이다. 맹인은 묶여 있는 아키의 육체를 세심하고 탐욕스럽게 만지고 분석한 후 조각상을 빚는다. 아키는 탈출을 시도하지만 번번이 실패하고 감금은 몇 달 동안 계속된다. 시간이 흘러 아키는 탈출을 포기하고 맹인과 가학적인 성관계를 시작한다. 두 사람은 결국 서로의 사지를 절단하는 데 이른다.

1960년대에 이르러 영화산업이 텔레비전으로 인해 사양산업이 되면서 대규모 주류영화가 아닌 적은 예산의 관습 파괴적인 영화들이 제작되었다. 미국의 뉴 할리우드 시네마, 일본의 재패니즈 뉴웨이브● 영화들은 영화산업의 축소가 기여한 역설적인 성취라고 할 수 있다. 마스무라 야스조는 당시의 재패니즈 뉴웨이브를 상징하는 독보적인 인물로, 그의 〈눈먼 짐승〉은 "예술가와 예술작품의 집착적 관계를 극단으로 묘사한 걸작"(크리스 갤러웨이)이라는 평가를 받기도 했다. 평단의 인정을 받은 작품이고, 나 또한 마스무라의 영화 중 가장 좋아하는 작품이기에 망설임 없이 칼럼에 쓰기로 한 것이지만 영화의 줄거리나 특정 성관계 장면을 묘사하는 것은 쉬운 일이 아니었다. 문장 하나를 쓰기 위해서 얼마나 많은 단어를 교체하고 자기검열을 해야 했는지.

그럼에도 이 영화를 언급해야만 했다. 영화가 보여주는 욕망과 억압의 우화적 재현은 재패니즈 뉴웨이브 영화 중에서도 가장 강렬하고 뛰어났다. 마스무라가 속한 전공투 세대의 집단적 분노와 욕망이 〈눈먼 짐승〉이나 같은 해에 개봉한 와카마츠 코지의 〈현대호색전: 테러의 계절〉 같은 작품들에서 어떻게 표출되는지, 그들의 불편한 섹스 신들은 어떻게 권력의 역학을 표현하고자 하는지 최대한

● Japanese New Wave. 1970년대에 들어 텔레비전의 시대가 도래하면서 일본의 영화산업은 하락하기 시작한다. 제작편수가 급감하고 기존의 스튜디오 중심의 고예산 영화들이 아닌 신인 감독들이 주체가 되는 독립 프로덕션이 부상했다. 오시마 나기사의 등장은 이러한 일본영화의 새로운 물결에 대한 시초로 볼 수 있다. 오시마 나기사를 필두로 이마무라 쇼헤이, 스즈키 세이준, 마스무라 야스조 등은 오즈 야스지로, 미조구치 겐지, 구로자와 아키라로 대표되는 일본의 고전 거장들의 작품을 거부하며 새로운 주제, 스타일과 성과 폭력의 묘사에 있어 수위가 높은 도발적 이미지를 추구했다. 영화학자들은 이들의 영화들이 가진 비관습성과 파괴적인 에너지 등을 하나의 경향으로 읽고 재패니즈 뉴웨이브로 칭한다.

적나라하면서도 고상한 문체로 드러내고 싶었다. 이만큼으로도 참으로 많은 양의 파울라너가 그려지지 않는가!

그렇게 잔잔한 카페 구석에서 수개월 동안 분투를 벌이며 얻어낸 것이 나의 첫 칼럼, 「야한 영화의 정치학」이었다. 연재가 끝나고 칼럼을 책으로 엮어낼 수 있었다. 책을 처음으로 받아본 날, 초조한 마음에 집에서는 도저히 읽어볼 용기가 나지 않아 원고를 쓰러 가던 카페로 향했다. 책을 열기 전에 카페에서 파는 파울라너를 주문했다. 페이지 한 장 한 장을 넘길 때마다 영화들의 불온한(?) 이미지와 고심 끝에 매칭한 단어가 주마등처럼 스쳐갔다. 이날만큼은 조심스럽게 한 병이 아닌, 꽤 많은 병의 파울라너와 함께 나의 첫 책을 자축했는데, 지금까지도 그때처럼 짜릿하고 맛있는 파울라너는 맛보지 못했다.

3

영화로운
맥줏집

'참 잘 싸돌아다닌다'는 말이 아마 내 인생에서
가장 많이 들은 말일 것이다. 이제 제법 짧지 않
은 인생 동안 나는 정말 많이 싸돌아다녔다. 맥
주를 쫓아다니기 시작하면서 방랑벽은 더 심해
졌다. 맛있는 맥주가 있어서, 노포라서, 아는 영
화인이 하는 곳이라서, 안주가 맛있어서, 음악
을 잘 틀어서 등 갖가지 이유를 붙여서 수많은
맥줏집을 순회했다. 이 섹션에 포함된 장소들은
발굴한 맥줏집들 중에서도 유독 '영화적인' 배
경과 명분을 지닌 장소들이다. 아울러 맥주의 셀
렉션과 맛을 양보하지 않는 곳이니 믿고 들러봐
도 좋다.

제1화
고꼬로오뎅

디제이 언니의 추억

이직에 실패하고 낙심했던 어느 추운 봄날 핸드폰 진동이 울렸다. 아리랑 라디오에서 영화 프로그램 디제이를 찾고 있는데 할 의향이 있는지 묻는 문자였다. 라디오 디제이라면 한 번은 꿈꿔본 직업이었다. 나 역시 배유정의 영화음악을 들으며 그녀의 차분한 목소리와 또렷한 발음을 추앙하던 때가 있었더랬다. 그러나 아침마다 영어로 생방송 진행을 해야 한다는 말은 당장 국토부장관 일을 해보면 어떻겠냐는 제안처럼 밑도 끝도 없는 것이라서 두렵고 당황스러운 마음이 앞섰다. 그럼에도 며칠 후 나는 'On Air'에 불이 들어온 라디오 부스에 앉아 첫 방송을 하게 되었다. 지금도 생생하게 기억나는 것은 오프닝 곡이 제임스 브라운의 〈I Feel Good〉이었다는 사실이다. 나는 정말이지 '필 굿'하지 않았다. 목소리가 너무 떨려서 '빽사리'가 나지 않을까 계속 불안했던데다 긴장한 탓에 대본이 제대로 안 보여서 걱정스러웠다. 그렇게 매일매일 수능을 보는 심정으로 몇 달을 버텼다.

그래도 '앞이 보일 정도'의 안정을 찾은 것은 4개월 정도 후였던 것 같다. 방송이 열두시에 끝나면 '그래도 심하게 말아먹지는 않은 나'에게 포상을 주고 싶은 마음에 어딘가에서 혼자 낮술을 하고 싶어졌다. 이때 생각나는 것은 주로 생맥주인데, 오후 열두시부터 생맥주를 마실 수 있는 곳은 생각보다 많지 않았다. 더군다나 점심을 같이 해결해야 할 텐데 브레이크 타임으로 쫓겨날 걱정 없이, 혼자, 쾌적한 곳에서, 맛있고, 부담스럽지 않은 식사/안줏거리에, 시원한 생맥주를 마실 수 있는 곳은 존재하지 않는다고 보는 것이 옳다.

그러나 사실 그런 유토피아…… 있다! 충무로역에서 5분 거리에 위치한 '고꼬로오뎅'은 오전 열한시에 오픈해서 밤 열한시 반까지 브레이크 타임 없이 운영하는 밥집 겸 이자카야다. 낮에 가면 소바와 생선가스, 우동 등 런치 메뉴도 먹을 수 있지만 저녁때 더 인기가 있을 법한 안주 메뉴들까지도 모두 주문이 가능해서 늘 생맥주 한 잔과 버터 소라구이로 늦은 점심을 시작하고는 했다. 시원한 생맥주 한 모금, 버터를 듬뿍 얹은 소라 한 입을 몇 차례 반복하고 나면 그제서야 정신이 들면서 식욕이 돌았다. 입맛이 달아나기 전에 생선가스 정식을 주문해서 따뜻한 정종과 먹으면, 내일 다시 '국

'고꼬로오뎅'의 생맥주는 늘 엄청나게 차갑고 신선하다.

토부장관'으로 돌아갈 용기가 생기고는 했다.

사실 방송을 하는 동안 즐거웠던 시간보다는 자괴감에 고통스러웠던 시간이 더 많았다. 한 마디 한 마디가 후회스러웠거나, 더 경쾌하지 못했던 것에 죄책감이 들었거나. 고꼬로오뎅은 늘 패잔병이 되어 돌아오는 내게 안식처가 되어주었던 곳이다. 나중에 알게 된 사실이지만 이곳은 (위치의 특성상) 영화인들이 꽤 많이 오는 장소였다. 저녁에 지인들과 들르면 늘 아는 얼굴들과 마주친다. 감독, 제작자, 촬영감독 등.

장소에서 얻는 만족감이야 사람마다 다르겠지만 분명한 것은 이 작은 식당이 나뿐만 아니라 많은 이들에게 위안을 준다는 사실이었다. 충무로는 더이상 한국영화의 메카가 아니지만, 아직까지도 많은 영화인과 이곳에서 조우한다는 건 이 공간이 가지고 있는 특수한 익숙함 때문일 것이다. 나 자신과 정말 좋은 시간을 보내고 싶을 때, 그리고 그곳에 왠지 영화의 기운이 있었으면 좋겠을 때, 고꼬로오뎅에 들러보시길!

TIP: 이름이 말해주듯, 고꼬로오뎅은 오뎅이 일품이다. 여름에도, 겨울에도 오뎅 전골에 따뜻한 정종은 천상의 조합!

종일 주문 가능한 생선가스 정식과 생맥주는 환상의 조합!

맥주의 포만감에서 잠시 탈출하고 싶다면 따뜻한 정종과 '고꼬로오뎅'의 시그니처 오뎅으로 또다른 여행을!

제2화

카페공드리

〈우리 선희〉가
내게 준 선물

북촌에 위치한 '카페공드리'는 꽤 오랫동안 다닌 곳이다. 이름에서
힌트를 얻었겠지만 영화일을 하시던 분이 만든 공간이다. 원래는 배
급일을 하셨다고 들었는데 어쨌거나 사장님은 제주도로 가서 또다
른 카페공드리를 오픈했다고 한다(북촌점은 다른 사장님이 운영중이
다). 내가 처음 공드리를 만난 것은 북촌에서가 아니라 영화를 통해
서였다. 카페공드리는 〈우리 선희〉(홍상수, 2013)에서 영화감독 '재학
(정재영)'과 그의 친한 형 '최교수(김상중)'가 오랜만에 재회하는 장소
로 등장한다(심지어 영화에서도 '공드리'로 불린다). 영화로 볼 때는 그
다지 인상적이지 않았는데 실제로 본 카페는 대단히 매력적이었다.
벽에 촘촘히 붙어 있는 영화 포스터들, 넓지 않은 공간을 효율적으
로 채우고 있는 빈티지한 테이블과 의자, 그리고 많지 않지만 요리

미셸 공드리도 사랑할 만한 '카페공드리'

조리 골고루 구성한 수제 맥주들.

2016년 공드리에 처음 방문한 날, 나는 재학과 최교수가 앉았던 테이블에 앉았다. 창문 옆에 있는 작은 원탁 테이블. 나는 그 테이블에서 생맥주(아마 '한라산 에일'이었던 것 같다) 몇 잔과 주전부리를 하나 시켜서 씹으며 한나절을 보내고 돌아왔다. 대낮에 맥주를 혼자 그토록 많이 마신 것은 이때가 처음이었다. 그때는 스마트폰이 아니라 2G 폰을 쓸 때여서 멀뚱멀뚱 북촌의 골목을 스크린 삼아 시간을 보냈다. 카페공드리에는 그런 마력이 있었다.

'공드리'의 맥주 라인업은 그때그때 다르지만
이날은 카브루의 필스너를 마셨다.

최근에 둑분이와 함께 공드리를 오랜만에 방문했다. 맥주 라인업도 안주 메뉴도 바뀌었지만 아직도 맥주를 마시며 한낮을 여유 있게 보낼 수 있는 나른하고 편안한 분위기와 영화 이벤트 포스터가 가득한 벽면은 여전했다. 이날도 꽤 많은 양의 맥주를 마시고 돌아왔다. 그리고 며칠 후 시내에서 어중간한 시간에 미팅이 끝난 날, 공드리에 들러 라자냐와 함께 필스너를 마셨다. 그리고 한참 동안 거리의 사람들을 구경하고 새로 생긴 가게들의 간판을 훑어보며 흘러나오는 팝송의 가사를 해석하는 쓸데없는 짓으로 몇 시간을 보냈다. 공드리는 아직도 그런 걸 할 수 있게 하는, 하고 싶게 만드는 마력으로 충만한 곳이다.

TIP: 점심시간 이후에만 주문할 수 있는 '공드리표 라자냐'는 웬만한 이태리 레스토랑에서 먹을 수 있는 것을 능가할 만큼 훌륭하다. 토마토소스 대신 인도 카레가 겹겹이 들어가는데, 라자냐를 덮고 있는 두꺼운 치즈 이불과 매우 잘 어울린다. 무거운 음식이니만

배를 채울 수 있는 몇 가지 안주가 있지만 '공드리 라자냐' 만큼은 웬만한 이태리 레스토랑에서 파는 것보다 훨씬 더 훌륭하므로 꼭 정복하고 오기를 추천한다.

'공드리'는 털 달린 친구들을 환영해 준다. 그래서 둑분이의 단골 공간이 되었다.

큼 IPA나 에일을 곁들이면 더 좋을 듯하다. 도우가 얇은 페퍼로니 피자도 맥주와 잘 어울리는 스낵이다.

더파인트에서
〈탕진〉하기

어느 날부터 시나리오를 쓰기 시작했다. 본격적으로 연출을 하고 싶었던 것은 아니고 그저 사람들이 들려주는 재미있는 이야기를 시나리오로 기록해놓고 싶었다. 그렇게 두 개의 단편영화를 만들었고, (예상대로) 별 성과 없이 함께 만든 사람들과 좋은 시간을 보낸 것으로 만족했다. 시간이 흘러 겨울방학을 맞았고 불현듯 영화를 하나 더 만들어야 하는 것이 아닐까 하는 기괴한 생각이 들었다.

일단 최근에 (영화인들이 모인) 술자리에서 들었던 모든 재미난 이야기를 모았다. 주로 돈에 관련된, 처량맞고 추잡하지만 속절없이 웃긴 얘기들이었다. 그리고 이 이야기를 전달해줄 4명의 캐릭터를 만들었다. 대사와 음악을 붙이고 (매우 어설픈) 콘티를 그려넣었다. 그렇게 나의 세번째 단편영화, 〈탕진〉이 탄생했다.

〈탕진〉은 각기 다른 분야의 영화일을 하고 있는 네 명 ― 영화감독, 배우, 제작자, 스탭 ― 이 만나 가지고 있는 돈을 하루 동안 모두 '탕진'하는 이야기다. 이 모든 일은 한 술집에서 일어난다.

배우 캐스팅이 끝나고 영화의 배경이 되는 호프집을 섭외해야 했는데 내게는 하나의 선택지뿐이었다. 망원동의 '더파인트'. 파인트는 LP와 비디오, 그리고 영화 소품들로 채워진 아담하고 '시네마틱'한 맥줏집이다. 사장님이 영화감독이라서 더욱 그렇다. 나는 언젠가부터 내 인생에서 중요한 이벤트를 모두 파인트에서 개최했다. 이번 영화도 예외는 아니었다.

파인트 사장님인 최인규 감독님이라면 흔쾌히 영화를 찍게 해줄

'더파인트'에서 촬영한 단편영화, 〈탕진〉

'성미산 에일'

것이라고 생각했고, 실제로 그렇게 해주었다. 장소 사용료는 촬영과 뒤풀이 때 쓸 레드락 1keg(약 50잔)를 미리 사놓는 것으로 대신했다. 더할 나위 없는 딜이다. 그렇게 두 번의 촬영 동안 재미나게 영화를 찍었다. 영화의 주요인물인 변진수 배우와 형슬우 감독은 '장소팔과 고춘자'보다도 더 맛깔나는 합을 보여주었다. 나의 끝도 없는 부족함에도 촬영 내내 웃을 수 있었던 것은 순전히 이 두 존재의 힘이었다.

결과적으로 〈탕진〉은 앞의 두 영화보다는 나은 행보를 걸었다. 배급사를 만났고, 영화제에서 상영과 GV를 했다. 바람보다 더 잘해주었으니 이젠 정점(?)에서 연출 은퇴를 할 수 있게 된 셈이다.

언젠가 또 기괴한 생각이 들면 시나리오를 쓰고 영화를 찍을지도 모르겠다. 그러나 당분간은 파인트의 바에 앉아 맥주를 마시며 감독/사장님과 영화 이야기를 하는 것으로만 나의 창작(?)활동을 이어가기로.

TIP: 더파인트는 맥주에 충실한 맥줏집이다. 생맥주 라인업은 주기적으로 바뀐다. 맥주 종류가 적지 않지만, 이왕이면 마포 로컬 맥주인 '성미산 에일'을 마셔볼 것을 추천하고 싶다. 기본적인 안주 몇 가지도 구비하고 있지만 거한 것을 원하면 외부에서 공수해 가는 것을 추천한다. 단 파인트의 먹태만큼은 다른 곳에 뒤지지 않는다.

벌면 뭐하나

가끔 연합뉴스에서 영화 뉴스 브리핑을 한다. 주로 토요일 2시 타임대의 뉴스에 들어가는데, 작정하고 쉬고 싶은 주말이라면 달갑지 않은 시간대이기는 하다. 그럼에도 나는 다음과 같은 이유로 다양한 영화 관련 일 중에 연합뉴스에서 브리핑을 하는 것을 제일 좋아한다. 첫째, 토요일이라 신남. 둘째, 집에서 20분 거리임. 셋째, 경복궁과 조계사 등 주변경관이 수려함. 넷째, 비교적 짧은 시간 안에 끝나므로 별 부담이 없음. 마지막으로, 주변에 멋진 카페가 수두룩함.

방송이 있는 날이면 질문지가 방송 시작 두 시간 전에 온다. 나는 되도록이면 대본이 오는 시간에 맞춰 방송국 앞 카페에 가서 질문지를 작성한다. 이때 크림이 듬뿍 들어간 아이스커피를 마시는데, 약간의 시럽을 넣으면 몇 시간을 버틸 수 있을 만한 고칼로리·고카페인 식사가 된다. 유난히 심하게 허기가 지는 날이면 샌드위치를 함께 주문하지만 거의 먹지 않는다. 답안을 작성하고 몇 번 소리내서 읽은 후 분장실에 가면 이날 해야 하는 일의 3분의 2는 끝난 셈이다. 방송 자체는 15분여밖에 되지 않기 때문이다. 마이크를 떼고 대기실에 남아 있는 커피를 마시는 것까지 합쳐도 오후 세시면 끝난다. 그렇다면…… 이제 신나게 먹고 마실 시간이다!

연합뉴스 입구 바로 앞에는 '우드앤브릭'이 있다. 나무와 식물이 가득한 우드앤브릭은 베이커리 카페면서 갖가지 맥주와 와인, 치즈 등을 구비하고 있는 일종의 식료품가게이기도 하다. 유럽식 그로서리 스토어를 기반으로 한 듯하다. 막 구워진 빵이 저마다 다른 크기의 바구니에 담겨 있는 것을 보면 마치 유럽 어느 나라에 출장을 와 있는 듯한 착각이 든다. 내가 처음으로 방문한 지점은 삼청동이었는데 지금은 성북동과 수송동을 포함해 꽤 여러 곳에 지점을 두고 있다. 수송동 지점은 비교적 최근에 생긴 곳이지만 지점들 중 가장 예쁘고 이국적인 공간이다. 연합뉴스 앞에는 멋들어진 카페와 식당이 즐비하지만 군이 우드앤브릭으로 향하는 것은 식물과 빵이 그득한 풍요로움도 좋지만 무엇보다 낮술을 하기에 더할 나위 없는 곳이기 때문이다.

우드앤브릭은 몇 가지 수입 병맥주와 와인을 갖추고 있다. 내가 주로 마시는 맥주는 독일 맥주, '슈무커 헤페 바이젠'이다. 거의 빈

주말에 일을 뭐하러 하나, 칠링된 잔에 밀맥주 한 잔을 마시지 못할 거라면.

속에 가까울 때라서 도수가 높으면 곤란한데 이 밀맥주는 5%의 알맞은 알코올 도수를 가지고 있고 쓴맛이 거의 나지 않아서 음식에 곁들이기 좋다. 단, 주말에는 식사 메뉴를 주문할 수 없으므로 간단한 빵이나 파니니로 대신한다. 요기가 끝나면 치아바타나 깜빠뉴 같은 아티잔 빵에 치즈를 얹어 와인과 함께 거대한 디저트로 마무리를 해도 좋다.

한 시간 일하고 와서 이렇게 호사스러운 점심(과음)을 할 수 있다는 건 신나는 일이지만, 여기에 치명적인 단점이 있다면, 늘 지출이 (그날의) 수입을 넘는다는 사실이다. 연합뉴스 일을 시작한 이래로 우드앤브릭을 들르지 않은 날은 없었으므로 나의 수입의 대부분을 바쳤다고 해도 과언이 아니다. 아니면 이곳에 오기 위해서 연합뉴스를 들렀다고 생각해야 하는 건가. 뭐, 아무려면 어떤가. 미국의 소설가, 제이미 아텐버그가 말했다. "북클럽을 뭐하러 하나. 브라우니와 와인을 먹지 않을 거라면.(What's the point of having a book club if you don't get to eat brownies and drink wine?)" 주말에 일을 뭐하러 하나. 빵도, 맥주도 먹지 않을 거라면.

TIP: 우드앤브릭은 아티잔 빵이 훌륭하다. 표면이 거친 바게트나 굵은 소금이 박혀 있는 프레첼은 맥주에도, 와인에도 잘 어울리는 안주가 된다.

길 시사실로
가는 길

요즘은 모든 영화의 시사회가 멀티플렉스 극장에서 열린다. 그러나 멀티플렉스의 출현 전까지는 사설 시사실이 성행했다. 그중에서도 '길' 시사실은 90년대에 전성기를 누린 대표적인 사설 시사실이었다. 길 시사실은 한국영화의 산지였던 충무로, 그중에서도 많은 영화사들이 입점(?)해 있던 영한빌딩 지하에 위치해 있었다. 영화사와 언론사들과 가까운 충무로에 위치해 있다는 장점과 다른 시사실보다 저렴하다는 이유로 길 시사실은 영화 관계자들 사이에서 인기가 많았다. 〈해리가 샐리를 만났을 때〉(롭 라이너, 1989), 〈제5원소〉(뤽 베송, 1997) 등 할리우드 대작들은 물론이고 〈비트〉(김성수, 1997), 〈투캅스〉(강우석, 1993) 같은 국내 메이저 영화도 모두 길 시사실에서 첫선을 보였다. 늘 기대작이 넘쳐나는 길 시사실이었지만 대기업이 영화산업에 진출하면서 충무로에 있던 영화사들이 강남으로 이동하고, 시사회들이 새로 문을 연 멀티플렉스에서 열리면서 길 시사실은 쇠락하기 시작했다.

길 시사실은 결국 90년대 말에 폐업했지만 나는 많은 이들로부터 그곳에 얽힌 이야기를 들을 수 있었다. 시사실 내에서 담배를 피우며 영화를 봤다는 영화 담당 기자들, 시사회에 참여하는 기자들을 위한 보도자료에는 늘 촌지 봉투가 꽂혀 있었다는 홍보 담당자(언론사마다 봉투에 담긴 액수가 달랐다는 이야기와 함께), 영화가 재미없으면 끝날 때 아무도 시사실에 남아 있지 않았다는 제작자들 등, 재미난 전설은 차고 넘쳤다. 흘려듣기에는 아까운 얘기들이었다.

결국 나는 길 시사실을 기억하는 사람들을 찾아다니면서 더 많은 이야기를 모았고, 그들의 증언(?)을 영상으로 기록했다. 인터뷰 영상은 나의 두번째 단편이자 첫 다큐멘터리, 〈길 시사실로 가는 길〉로 탄생했다. 특별히 목적이 있어서는 아니고, 그저 이 재미난 이야기들을 기록으로 남기고 싶었다. 다큐멘터리를 위해 길 시사실을 드나들었던 당시의 영화 홍보실 직원, 영화 배급사 대표, 제작사 대표, 기자 등 많은 사람들을 만났고, 그들은 각자가 가진 길 시사실의 추억을 공유해주었다. 다큐멘터리를 찍는 동안 충무로의 곳곳을 탐방하며 영화사와 영화인들이 빽빽이 들어차 있던 과거의 충무로, 그리고 그 가운데의 길 시사실을 상상했다. 담배 연기가 자욱한 시

충무로의 역사와 함께한 '극동호프'   '극동호프'의 시그니처, 촉촉한 북어와 생맥주

사실 안에서 누군가는 영화를 보고, 누군가는 보도자료 안에 든 촌지를 세고, 누군가는 숙취에 시달리며 잠을 청했겠지.

여러 인터뷰들 중에서 유독 이준익 감독과의 인터뷰가 가장 기억에 남는다. 당시 해외영화 배급을 했던 이준익 감독의 사무실(월드 시네마)은 길 시사실이 위치한 영한빌딩에 위치해 있었다. 그는 길 시사실의 풍경과 함께 당시 영화인들이 몰려다니던 충무로의 곳곳을 생생하게 묘사해주었다. 이준익 감독이 언급했던 호프집과 식당은 아직도 충무로에 남아 있는데, '극동호프'가 그들 중 하나다.

극동빌딩 옆에 위치한 극동호프는 오래된 적산가옥 스타일의 2층짜리 빌딩 1층에 자리하고 있다. 백 살 넘은 노인의 주름처럼 건물의 벽은 금과 벌어진 틈이 가득하다. 진정한 노포의 얼굴이다. 극동호프의 안주 라인업 역시 노포 스타일로, 메뉴는 통북어를 포함한 건어물 몇 가지와 황도가 전부다. 그럼에도 맥주맛만큼은 가게의 존재만큼이나 신실하다. 화장실도 가게만큼이나 오래되었다는 것은 큰 단점이지만 충무로를 추억하기에 극동호프만한 곳은 없다. '길 시사실로 가는 길'에는 아직도 극동호프가 있다.

"맥주, 너는 세상에서 가장 훌륭한 음료!"_잭 니콜슨

"난 오직 맥주 시(beer o'clock)까지만 작업을 한다."_스티븐 킹

"술을 안 마시는 사람들은 참 안됐다. 아침에 막 일어났을 때보다 기
분이 나아질 일이 없으니."_딘 마틴

그렇다면 나는 ……

　그냥 이 책을 썼다(역시 명언은 아무나 할 수 있는 것이 아니다). 주
지하다시피 나는 맥주 전문가가 아니기에 맥주의 맛과 외양을 서
술하는 데는 굉장히 낯선, 그러나 나만의 방식으로 접근해야 했다.
예를 들어 이 IPA는 "바디가 가벼우나 치누크, 에퀴녹스 등 다양한
시트러스 종류의 홉을 사용하는 데서 오는 시트러시하면서도 베리

종류의 복합적인 향을 풍기며 신선하고 밝은 맛을 낸다" 따위의 서술이 아닌, "이대로 죽어도 좋다고 요절 선언을 하게 할 정도로 짜릿하다"든지, "과연 '풀 바디'의 표상, 아놀드 슈왈제네거를 닮은 맥주"라든지 하는 지극히 추상적이면서도 영화적인 감상평을 내놓을 수밖에 없었던 것이다. 따라서 맥주에 대한 전문 지식을 얻고자 하는 독자들에게는 실망스러울 수 있을지도 모르겠다. 다만 이 책은 '내가 이러다 맥주(알코올) 의존증 환자가 되는 것은 아닐까?' 하는 의구심을 가져본 적이 있는 형제자매님들, 맥주만큼이나 영화가 좋은 (혹은 그 반대의) 영맥파, 혹은 영화 볼 때 마시는 맥주가 가장 맛있다는 진리를 깨달은 자들에게 바치는 고백서 같은 것이다.

언제부턴가 영화는 나의 언어가 되었다. 이것이 얼마나 좋은지, 싫은지, 아름다운지, 슬픈지 등을 영화의 대사나 장면으로 설명하기 시작했다. 대부분의 경우는 인간의 언어보다 훨씬 더 효과적이었다. 마치 〈존 말코비치 되기〉(스파이크 존스, 1999)에서 몇십 명의 각기 다른 존 말코비치들이 '말코비치'라는 단어로만 이야기해도 서로를 알아듣는 그런 것과 비슷한 상황이려나. 나는 이 책을 통해 나의 맥주에 대한 사랑을 영화로 고백했다. 이 책이 레이건 전 대통령이 낸시 레이건에게 몇십 년간 써온 눈물과 감동을 뿜게 하는 연서(戀書)*만큼은 아닐지라도, 몇 페이지를 넘기다가 '금주'라고 적혀 있는 포스트잇을 가열차게 떼어내고 냉장고로 돌진해서 맥주를 꺼내올 용기를 종용할 만큼의 선동성과 발랄함은 지녔다고 믿고 싶다. 나는 앞으로도 본업을 게을리하지 않을 계획이다. 많은 영화와 맥주를 만나고 돌아와서, 언젠가는 나의 주당 형제자매들을 위해 영화와 맥주 한 컷, 한 모금을 엮은 책을 또 쓸 것이다. 그때까지 모두들, Salud!

● 로날드 레이건이 부인 낸시 레이건에게 50년 동안 보낸 러브레터를 엮은 책, 『I Love You, Ronnie』(낸시 레이건 엮음, 유혜경 역, 한언, 2001)를 두고 한 말이다.

이 책에 등장하는
브루어리와 맥줏집 목록

화수 브루어리 (경북 경주시 보문로 465-67)

맥파이 브루잉 (서울 용산구 녹사평대로 244-1)

노매딕 브루잉 (전북 전주시 완산구 향교길 57)

고릴라 브루잉 (부산 수영구 광남로 125)

스퀴즈 브루어리 (강원도 춘천시 공지로 353)

서울 브루어리 (서울 마포구 토정로 3안길 10)

독립맥주공장 (서울 중구 정동길 17 이화정동빌딩)

솔티맥주 (충북 제천시 풍양로 108)

웨일펍 (서울 마포구 독막로 72)

미스터리 브루잉 컴퍼니 (서울 마포구 독막로 311)

고꼬로오뎅 (서울 중구 퇴계로31길 31)

카페공드리 (서울 종로구 계동2길 4 1층)

더파인트 (서울 마포구 월드컵길 5 2층)

우드앤브릭 (서울 종로구 종로1길 50 더케이트윈타워 B동 1층)

극동호프 (서울 중구 퇴계로27길 2)

오늘도, ＿＿＿＿
내일도, ＿＿＿＿
날마다 파이팅!

『날마다, 지하철』
전혜성 지음

**오늘도 지하철이 있어
달릴 맛이 난다,
살맛이 난다**

30년 차 지하철 생활자의
희로애락 지하철 환장 실화

『날마다, 출판』
박지혜 지음

**자발적 책노예의
작은 출판사 1년 생존기**

기획만이 살길이다

'날마다' 시리즈는 날마다 같은 듯 같지 않은 우리네 삶을 담습니다.

날마다 하는 생각, 행동, 습관, 일, 다니는 길, 직장……

지금의 나는 수많은 날마다가 모여 이루어진 자신입니다.

날마다 최선을 다하는 우리를 응원하는 시리즈, 날마다 파이팅!

『날마다, 28』

장지혜 지음

**혼자, 조용히,
치아를 들여다보는 마음**

내향적 치과의사의
자기 마음 안아주기

『날마다, 북디자인』

김경민 지음

**1포인트의 디테일을 위해
수정, 수정, 수정!**

나의 오늘이 책이 될 때까지
매일 같은 자리에서 책을 만든다

싱긋

교유서가 〈첫단추〉 시리즈

옥스퍼드 〈Very Short Introductions〉

교유서가 〈첫단추〉 시리즈는 '우리 시대의 생각 단추'를 선보입니다. 첫 단추를 잘 꿰면 지식의 우주로 들어서게 될 것입니다. 이 시리즈는 세계적으로 정평 있는 〈Very Short Introductions〉의 한국어판입니다. 역사와 사회, 정치, 경제, 과학, 철학, 종교, 예술 등 여러 분야의 굵직한 주제를 알기 쉽게 설명합니다. 이 시리즈는 새로운 관점으로 '나와 세계'를 볼 수 있는 눈을 열어줄 것입니다.

(근간) 시민권 | 조경 | 영화의 역사 | 미학 | 화학사 | 푸코

보가트가 사랑할 뻔한 맥주

영화 한 컷과 맥주 한 모금의 만남

ⓒ김효정

초판 1쇄 인쇄 2022년 12월 21일
초판 1쇄 발행 2023년 1월 1일

지은이 김효정

편집 김윤하 이희연 | **디자인** 윤종윤 이정민 | **마케팅** 김선진 배희주
저작권 박지영 형소진 이영은 김하림
브랜딩 함유지 함근아 김희숙 고보미 박민재 박진희 정승민
제작 강신은 김동욱 임현식 | **제작처** 한영문화사

펴낸곳 (주)교유당 | **펴낸이** 신정민
출판등록 2019년 5월 24일 제406-2019-000052호

주소 10881 경기도 파주시 회동길 210
문의전화 031.955.8891(마케팅) 031.955.2680(편집) 031.955.8855(팩스)
전자우편 gyoyudang@munhak.com

인스타그램 @thinkgoods | **트위터** @thinkgoods | **페이스북** @thinkgoods

ISBN 979-11-92247-75-5 03800

* 싱긋은 (주)교유당의 교양 브랜드입니다.
  이 책의 판권은 저자와 (주)교유당에 있습니다.
  이 책 내용의 전부 또는 일부를 재사용하려면 반드시 양측의 서면 동의를 받아야 합니다.

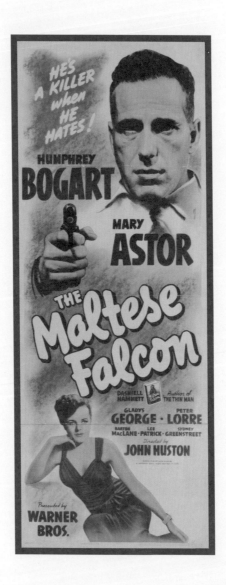

이 책은 세 부류에게 추천하고 싶다. 우선 맥주를 좋아하지만 영화는 잘 안 본다는 사람. 다음으로 영화는 좋아하지만 맥주는 잘 모르겠다는 사람. 마지막으로 맥주도 좋아하고 영화도 즐겨 보는 사람. 당신이 만약 첫번째나 두번째 부류라면 책을 읽으며 저절로 영화 한 편 틀어놓고 맥주를 벌컥벌컥 들이켜는 자신을 발견하게 될 것이다. 그럼 세번째 부류는? 장담하건대, "왜 이런 멋진 책이 이제야 세상에 나왔느냐"고 탄성을 지르며 펄쩍펄쩍 뛸 게 틀림없다. 다름 아닌 내가 바로 그랬으니까. 맥주가 있어 즐거운 세상이다. 영화까지 있으니 더 즐거운 세상 아닌가?

조승원 | 〈술이 있어 즐거운 세상, 주락이월드〉 주류 탐험가

좋은 영화를 보면서 혼자 마시는 맥주, 영화가 끝난 후 좋은 분위기의 술집에서 맥주를 마시며 하는 대화, 좋은 브루어리에서 다양한 맥주를 시음해보며 이국의 정서를 느끼는 호사를 모두 누릴 수 있게 도와주는 작가의 친절한 비어 맵핑(beer mapping)이 고맙다. 맥주 경력이 길지 않다며 스스로를 비전문가로 칭하는 겸손한 술꾼 포지션도 친근하고 신뢰가 간다. 맥주와 영화의 절묘한 페어링이 매우 돋보이는 실용서이자 예술적 감성을 자극하는 책이다.

임순례 | 영화감독